汤姆·斯威夫特和喷气式潜艇

【英】维克多·阿普尔顿Ⅱ　文
燕锐锋　等图
刘庆双　等译

江西·南昌
江西科学技术出版社

图书在版编目（CIP）数据

汤姆·斯威夫特和喷气式潜艇/(英)维克多·阿普尔顿Ⅱ文；燕锐锋等图；刘庆双等译. -- 南昌：江西科学技术出版社, 2018.3（2024.1重印）
（汤姆·斯威夫特丛书）
ISBN 978-7-5390-5889-4

Ⅰ.①汤… Ⅱ.①维… ②燕… ③刘… Ⅲ.①儿童故事 – 英国 – 现代 Ⅳ.①I561.85

中国版本图书馆CIP数据核字(2017)第049777号

国际互联网(Internet)地址：http://www.jxkjcbs.com
选题序号：KX2016074
责任编辑：饶春垚

汤姆·斯威夫特和喷气式潜艇
TANGMU SIWEIFUTE HE PENQISHI QIANTING

〔英〕维克多·阿普尔顿Ⅱ　文；
燕锐锋　等图；刘庆双　等译

出版发行	江西科学技术出版社
社址	南昌市蓼洲街2号附1号
	邮编：330009　电话：（0791）86623491　86639342（传真）
印刷	三河市嵩川印刷有限公司
经销	各地新华书店
开本	700mm×1000mm　　1/16
字数	114千字
印张	11
版次	2018年3月第1版　2024年1月第2次印刷
书号	ISBN 978-7-5390-5889-4
定价	39.00元

赣版权登字-03-2017-64
版权所有　翻印必究
（赣科版图书凡属印装错误，可向承印厂调换）

前言 QIANYAN

人总是离不开阅读，特别是在现代化信息时代，阅读无疑更是我们难求的一片宁静港湾，让我们有机会去感受、去体悟、去反思、去认证我们的这个世界和未来的世界。

科幻小说是一种起源于近代西方的文学体裁，在尊重科学结论的基础上进行合理设想后形成的文学作品，具备"逻辑自洽""科学元素""人文思考"三个要素。科幻小说与一般的传统小说不同，其特殊性在于它与科学技术的发展有着直接的联系，能让读者间接了解到科学原理。但它又是一种文艺创作，它扎根于社会现实，反映社会现实中的矛盾和问题，在科学技术发展的方向上，提供若干有参考价值的预见。有时，某些科学发明尚未出现，科幻小说里则已经进行生动的描绘，如潜水艇、机器人和宇宙航行等。

著名文学评论家布哈伊·哈桑曾说，科幻小说可能在哲学上是天真的，在道德上是简单的，在美学上是有些主观的，或粗糙的，但就它最好的方面而言，它似乎触及了人类集体梦想的神经中枢，解放出我们人类这具机器中深藏的某些幻想。

阅读科幻小说至少让我们有如下的感受：

一、文学的轻松愉悦

科幻小说的主题非常明显，它会涉及"未来"和"未知"、"科学"和"规律"、"生命"和"文明"、"生存"和"冒险"等等，每一本科幻小说都是一个全新的世界，每一次阅读都是一段全新、充满惊喜的精神旅程。

二、科学与严谨的想象

爱因斯坦说过，想象力比知识更重要，因为知识是有限的，而想象力概括着世界上的一切，推动着进步，并且是知识进化的源泉。通过阅读科幻小说，感悟其中的想象力，在人文、哲理的思索上，在思想道德意识的增强上所起到的作用是潜移默化的、是发散性的，其威力是不可估量的。

三、引发科学与理性的思考

科幻小说中的"科学方法"是一种有系统地寻求知识的程序，涉及"问题的认知与表述""观察与实验搜集证据""假说的构成与测试"。简单地说就是一个科学理论要经过观察、解释、预测、确认、评估、发表的程序，才能从一个假设发展成原理。科幻小说的"理性思考"就是遵从客观规律、进行逻辑分析的思考方式。

《汤姆·斯威夫特》系列曾是国外流行的科普小说，书中很多的科幻内容今天都已经变成了现实，它曾影响了几代读者，它伴随了很多人的成长。现以中文出版此书，相信书中的情节与科学，也会给中国读者带来同样的快乐体验。

目录 MULU

第一章　机场惊魂……………………………………… 001

第二章　无耻的否认……………………………………… 010

第三章　极速追踪………………………………………… 017

第四章　在潜艇里晕厥…………………………………… 023

第五章　海盗袭击………………………………………… 030

第六章　空中追逐………………………………………… 036

第七章　敌人的领地……………………………………… 044

第八章　被追捕的间谍…………………………………… 052

第九章　逃生舱…………………………………………… 060

第十章　决定性测试……………………………………… 066

第十一章　神秘的囚犯…………………………………… 072

第十二章　空中潜艇……………………………………… 079

第十三章　喷气机救援…………………………………… 085

第十四章	首次航行	092
第十五章	海底火焰	099
第十六章	海　怪	104
第十七章	夺命海草	112
第十八章	遭遇绑架	118
第十九章	穷追不舍	123
第二十章	自食其果	128
第二十一章	汤姆被困	135
第二十二章	危险的水域	140
第二十三章	海盗的藏身地	148
第二十四章	奇妙的发明	154
第二十五章	胜　利	163

第一章　机场惊魂

红色的信号在斯威夫特家私人电视网的巨大控制屏上闪烁着。一个18岁的小伙子从凳子梁上挪开腿，起身绕过绘图板，向那面钉着潜艇图纸的墙走去。他的手指在可视电话上轻轻地敲击着。

"怎么了？"汤姆·斯威夫特问凯恩，这个时候凯恩——他们的实况播报员——在屏幕里的身影逐渐清晰。

"又有一艘船在海上遇袭了，汤姆。"凯恩走到几棵棕榈树前继续说道，"我现在在马林湾，正和一些幸存者交谈。我有个坏消息——南蒂克号客船沉了，有人失踪，你叔叔也在其中。"

"奈德叔叔！"

"报道说他是和船长还有乘务长一起失踪的，其他人被救生船救上来了。"凯恩说完，把话筒递给一个矮胖的男人。这人紧张地说着："可我真的不知道到底发生了什么。船上其他人也都不知道。我当时正在甲板上看书，就听见噗的一声，然后所有人都昏过去了。我醒来的时候船正在下沉，我爬到了救生艇上，那是一艘帆船。"

"你当时听见枪炮声了吗？或者是爆炸的声音？"凯恩问这个人。

"没有。只听见飞机的呼啸声。"

"你觉得失踪的人会不会在其他救生艇上,但是没有船去接他们?"凯恩疑惑地问道。

"这倒也有可能。"

这时,海岸警卫队的一个警官出现在屏幕上。他告诉凯恩,据其他遇到类似船只袭击事件的幸存者回忆,他们在失去知觉前也都听到了飞机的声音。

"在其他袭击中,海盗们会在人们醒来之前抢走所有的贵重物品。"这个警官说道,"可他们并没有把船弄沉。"

"凯恩,我要离开一会儿。"汤姆说完就冲出了办公室。

他跳上一辆吉普车,朝着他爸爸的实验室飞速驶去。一路上,他越来越为奈德叔叔担忧。

"这个消息会让爸爸受到打击的。"汤姆担忧地低声自语。

奈德·牛顿和斯威夫特先生是多年的好友,他们曾一起共事,一起奋斗,一起克服了无数困难。两人还共同建立了原斯威夫特工程公司,这个公司广为人知,专门制造斯威夫特先生的各种发明。

斯威夫特公司为全国众多分公司都安装了专用电视网——新斯威夫特企业集团也在使用这一设备。新公司占地10平方千米,里面的现代建筑熠熠生辉,"十"字形飞机跑道错落有致,汤姆和他的爸爸在这里进行了各种实验。

每当提起新公司,汤姆的脸上总会洋溢着自豪的微笑。但现在这种笑容不见了。此刻,他满脑子想的都是奈德叔叔这次的商务旅行,结果却这么可怕。

一到爸爸那单层的玻璃墙实验室,汤姆就急忙往里走,却被秘书拦下了。

"你爸爸不在这儿。"她说:"我在地下飞机库一直尝试联

系他,可没有回音。海军部打来电话了,很紧急。"

"我来处理。"汤姆接起了电话,"你好。"

"是斯威夫特先生吗?"

"我是小汤姆。"

"哦。"电话那头继续道,"我是海军情报处的海军上将霍普金斯。"

"你好,先生,我爸爸经常提起你。请问有什么事吗?"

"汤姆,我们想请斯威夫特家族提供科学上的帮助,破解船只遇袭事件。说实话,我们也搞不懂这种把人弄晕的技术。"

这位上将说,情报处弄不明白,海盗是怎么做到正好在上船前把乘客都弄昏的。

"我们已经确定不是内鬼。"他说,"但问题就更复杂了。这些神秘的入侵者到底是谁呢?他们劫船后又是怎样迅速消失的呢?要不是得实际点,我们几乎都可以相信是太空海盗干的了。"

汤姆轻声笑了,但很快又一脸正色道:"我们一定会尽全力帮助你们,霍普金斯上将。我和爸爸想弄清楚这件事,也有我们自己的原因。"

这已经不是汤姆破解的第一个谜团了。在飞行实验室中,他就曾追捕过一群狡猾的间谍,因为他们绑架了几位科学家。

汤姆和霍普金斯上将说起了奈德·牛顿的事,上将很担心。他说情报处认为南蒂克号之所以史无前例地被弄沉,可能是因为那些袭击者的计划出现了意外。

"也许你叔叔奈德并没有晕过去。"上将猜测说。

汤姆补充道:"这就是说,那些海盗可能害怕奈德叔叔猜出他们让人晕厥的神秘方法,把他抓起来了。"

"如果真是这样,就能找出牛顿先生的确切位置。"霍普金斯上将回答说,"顺藤摸瓜,就能找到那些混蛋的藏身之处了。"

"我现在最想做的就是找到他们。"汤姆回应道。

汤姆挂了电话,就从实验室里跑了出来。他跳上吉普车往地下飞机库开去。到了大门他用电子钥匙开了锁,然后看着门打开了一道2厘米宽的小缝。

斯威夫特家的飞行实验室——"蓝天女王",就安置在这个巨大的地下空间里。汤姆在这儿找到了爸爸,把那个令人担忧的消息告诉了他。斯威夫特先生专注地听着。

"奈德失踪了!"他低声自语,"不对!"

然后他又满怀希望地说道:"汤姆,你知道的,奈德足智多谋。如果他还活着,他会想办法和咱们联系的。"

"对,他可以用走之前我给他的小型发射接收器,我把它安装在一支铅笔里。"汤姆说,"希望那些海盗没把铅笔拿走。嗯,如果奈德叔叔联系我们,我们就马上去援助他!"

"那是当然。"斯威夫特先生表示同意。

"可即使他不能联系我们,我也要开始找他。"

"怎么找呢?"爸爸问道。

"首先咱们得利用'蓝天女王'搜索南蒂克号遇袭的大致海域。"汤姆回答道,"也有可能奈德叔叔并没有被抓起来,而是正漂在海上。如果这个方法失败了,那么下一步我就抓紧时间完成制造我的双人潜水艇,再去追踪那些海盗,我觉得他们不会乘坐水上船只离开。"

"你是说海盗们坐的是潜艇?"斯威夫特先生问,"我想也有可能是飞机。"

"相信他们两样都用了。"汤姆回答道,"飞行员先用射线把人击晕,然后海盗们从潜艇登船,把船只洗劫一空。"

"配合得真是高明啊。"斯威夫特先生感叹道,"而且设计出这个方法的人也肯定不容易被抓到。"

"爸爸,我去给'蓝天女王'预热,您给妈妈和办公室打个电话吧,告诉他们咱们要去哪儿。"汤姆说道。

"好的,儿子。"

20分钟后,原子能驱动的巨大喷气式航天器从斯威夫特公司的私人机场起飞,加速向海边飞去。一个小时后他们开始了海上搜寻——一会儿在高空中搜寻,一会儿贴着海面寻找,"蓝天女王"几乎要撞上海浪了。他们没有放过任何一片可能发现南蒂克号救生艇的海域。

"我想咱们得承认这个方法行不通了,汤姆。"斯威夫特先生最终说道,"把'蓝天女王'开回去吧。希望奈德还活着。"

回程途中两人一路沉默,直到四点钟"蓝天女王"顺利降落。汤姆终于说话了。

"我感觉奈德叔叔肯定被那些海盗抓起来了,爸爸。不过有喷气式潜艇,我一定会打败他们,让他们自食恶果。"

"你一定可以的,汤姆。"爸爸说:"我现在觉得营救奈德更有希望了。"

他们驾车回到了汤姆那个办公与实验两用的新地方。汤姆的朋友巴德·巴克利正倚在舒适的皮椅扶手上等着他们,他刚刚结束了一个月的飞行回到这里。

年轻英俊的巴德一头黑发,体格健美,他和汤姆在企业集团工厂共事多年。刚刚他正在观察无线电打字机——一个能获取并破译电文的工具。此刻它正闪烁着信息。

"嗨，巴德！"汤姆向他打招呼，"真高兴你回来了。"

汤姆看了看表，说："我现在要去斯威夫特工程公司机场见桑迪。一起去怎么样？"

"好啊。可是奈德叔叔是怎么回事？"

汤姆又讲了一遍奈德的遭遇，巴德说："我就觉得你可能需要我帮忙搜索，所以我马上赶回来了。"

汤姆感激地笑了："我和爸爸在那儿一点线索都没找到，或许咱俩得再去一趟。真可惜你当时没和我们在一起。"

"我本该知道这件事的。员工就需要时刻关注公司动向才不会被淘汰嘛。"巴德打趣地说，继而又一脸正色道，"汤姆，我们最好马上去见桑迪，把奈德叔叔的事告诉她。"

桑迪·斯威夫特被家人和朋友们叫作桑迪，她比她哥哥小一岁，是一个出色的飞行员。爸爸老汤姆和哥哥小汤姆都教过她开飞机。

两个小伙子离开了实验室，驱车向位于斯威夫特工程公司的商用机场驶去。工厂原址部分区域用于制造飞机，每天都有很多次试飞。

"今天有个好天气。"巴德评价说，"最合适飞行了。"

"只有一个例外——我的新潜艇。"汤姆回答道，"我对这艘潜艇很有信心，在它能下水航行之前，我会把时间全花在它身上。"

"跟我多说说你的新发明吧，汤姆。我想知道得全面些，然后帮你一起制造，我们还要等一段时间才能坐上火箭去太空旅行呢。"

不久前，一个酷似流星的庞然大物撞落在斯威夫特企业集团的地面上。这个物体的金属侧面刻着一些数学符号。汤姆破译这些符号后发现，里面是另一个星球的居民发来的信息。从那以后，汤姆就梦想着要去拜访那些外星的生命——但前提是他的新发明，也就是喷气式潜艇必须得完美收工才行。

汤姆的双人潜艇即将投入生产，并作为高速潜艇出售。它可以保障海洋旅行的安全，尤其是像去非洲这样的远途旅行，而且乘它旅行不会像海面船只或飞机一样受糟糕天气的影响而耽误行程。

这种潜艇的航行原理和标准的螺旋桨式潜艇完全不一样。这种潜艇的前进动力是来自特殊管子在强大的压力下喷射出的水流。

"就是个水力喷射器。"汤姆解释说。

"给我解释得简单一些吧。"巴德作央求状。

汤姆大笑起来："记不记得我们小时候常把气球里灌满水，然后放手让水喷出来？这和喷射器是一样的道理。"

"可我总是被淋成落汤鸡！"巴德说道，"继续说，我的教授。"

这个年轻的发明家继续解释说，潜艇有一个含有"斯威夫特"的原子反应堆，"斯威夫特"是斯威夫特家族的人发现的一种放射性同位素。为了保护潜艇里面的人不被致命的辐射所伤，整个发动装置外部都裹上了一层7厘米厚的托马塞特——这是一种坚固耐用的塑料，是以这位年轻的发明家和他爸爸的名字命名的。这种材料耐热，能比普通的铅制防护板更有效地吸收伽马射线。

"听起来太棒了。"巴德说，"继续说。"

汤姆说潜艇除了有个透明的前端，其他部位都有双层外壳。

"依我看。"巴德打断了汤姆，"这潜艇的构造就像把一支雪茄从鸡蛋的一端插入，只留一小部分突出在外面。"

"对。只有你能看到的那部分雪茄像玻璃一样透明。"汤姆回答道，"这个前端是用透明的托马塞特来塑模的。"

潜艇外壳上同样喷有一层托马塞特，是为了不让声波反射。这样潜艇就不会被声呐装置探测到了。

"太棒了，天才。"巴德说着，咧嘴笑了起来，"可你还没告诉我潜艇是通过什么原理前进的呢。"

汤姆大笑起来："我没告诉你吗？嗯，原子反应堆释放的强大热能会产生蒸汽，驱动涡轮机，涡轮机会激活一个泵，这时海水就会被高速喷出，从而产生推动力了。"

"现在让我头疼的是怎么控制速度。"汤姆继续说着，"而且我还没想出一个简单的办法防止进水口被污染。"

"一点点来，机长。"巴德恳求道，"就先说说怎么控制速度吧。"

"它是通过由多个镉棒组成的电池来调节的。镉棒通过进出原子反应堆的深度控制裂变率。镉棒插入原子反应堆越深，热能就越少，镉棒被抽出的部分越多，产生能量就越快。"

"那我带上一打镉棒。"巴德大笑道。

"看，可能是桑迪来了。"巴德指向天空中一个越来越大的黑点，"那是你的一只特种'鸽子'，不是吗？"

"是的。她正在为一个有意向的买家做飞行演示呢。"

他们来到机场，登上瞭望塔，那里的调度员告诉他们桑迪准备要降落了。

"她的驾驶技术真是不错。"巴德看着她娴熟地转入空中交通模式，赞叹地说道。

第一章 机场惊魂

"她确实会——"汤姆刚说到这儿,注意力就被一架小型红色飞机吸引了,这架小飞机正在和桑迪一样的高度上向机场飞来。

"看!"巴德大叫,"那飞机是要挡她的道。"

"那是悉尼·丹西特的飞机。"那个航班调度员说。

他用麦克风向丹西特喊话,让他离得远点儿,因为从离地面的距离看,桑迪的飞机应该先着陆。可那个飞行员却加快了速度,保持原来的航向,向"鸽子"冲了过去,桑迪却似乎对身边的危险毫不知情。

在瞭望塔上的三人吓得浑身发冷,简直比混凝土的地面还要冷。他们脖子僵硬,绝望地看着天空。

"桑迪,小心啊!"汤姆大叫着。

下一个瞬间,就在两架飞机快要撞上的时候,桑迪终于意识到要发生什么了。她顿时给飞机加足马力,把变速杆使劲往后一拉,向上飞去。

"呦!"巴德说道,"再差一步就——"

丹西特的飞机在跑道上跌跌撞撞滑行,汤姆气得脸都发白了。这个飞行员的粗心大意差点要了他妹妹的命!

"这个疯子!"他大喊,"我真想把机翼勒到他脖子上去。"

汤姆一个纵跃跳出了控制塔。他跳下楼梯,向机场上正在滑行的丹西特的飞机跑去。

突然间,有个人从反方向也向飞机跑来。飞机停下来,舱门被打开,这个陌生人迅速地登上了飞机。而汤姆正用最快的速度奔跑着,眼看离飞机就几十米远了。

"你这么闯进来是想干什么——"他大喊着,话还没说完。

丹西特的飞机没有任何警示地向前开去,直直地冲向汤姆!

第二章　无耻的否认

丹西特的飞机轰鸣着向汤姆冲来的时候，巴德·巴克利和调度员正惊恐地注视着他们。汤姆已经没时间躲开了。

正当两人目瞪口呆的时候，汤姆却猛地扑倒在地面上。左侧机翼的尾端从他头顶上扫了过去，离他的头只有几厘米的距离。

巴德跑出了瞭望塔，冲过去帮助汤姆。这时候丹西特的飞机开始加速滑行，然后起飞了。当飞机排出的烟尘散去，看到汤姆挣扎着站起来朝离去的飞机挥着拳头，巴德松了一口气。

"你还好吧？"巴德不确定地问道。

汤姆剧烈地咳嗽着。"我还好。"他喘息着回答，拍打着衣服上的尘土，"但我可以确定我跟丹西特有一笔账要算了！"

"说得对！他居然想要你的命。可这是为什么呢？"

"这中间一定有我们不知道的事情。我从来没见过他，也没听说过他。不过我会查清楚是怎么回事的。"

"咱们回塔台要求他飞回来。"巴德催促道。

两人刚走了几十米远，汤姆突然停了下来。他弯下腰从跑道上捡起一个闪闪发光的东西。

"你发现了什么？"巴德问道。

"一枚硬币……"汤姆慢慢地读着硬币上的字。"呀！是

第二章 无耻的否认

枚M国硬币。"他惊呼道，"原有的图案上面还有一只狗头浮雕。"

"太奇怪了，"巴德说道，"为什么会有人这么做呢？"

"我也不知道。"汤姆回答着，把硬币放进了口袋，"我在想这会不会是悉尼·丹西特或是刚才上飞机的那个人落下的。"

就在这个时候，桑迪驾驶着特种"鸽子"着陆了。这个女孩的眼睛闪烁着光芒，她向两个小伙子介绍她的客户卡尔顿小姐，并告诉他们自己是多么幸运地躲过了一场撞机事故。

"何止是幸运啊。"卡尔顿小姐说道，明显还有些站不稳，"是你反应迅速。必要时，我希望自己驾驶'鸽子'的时候也能有那种水平。我已经决定要买一架'鸽子'了。"

一行人朝停车场走去，路上汤姆建议巴德开车把桑迪和卡尔顿小姐送回肖普顿。

"我想待在这儿，如果丹西特那个疯子回来，我想和他谈一谈。"汤姆说。

"好吧。把他的脑袋给我装进盘子里带回来。"巴德咧嘴笑着说。

他们走了之后，汤姆回到了调度员的玻璃墙调度室，他听见调度员说："悉尼·丹西特！呼叫悉尼·丹西特！空中巡逻队命令你马上返回这个机场。未经允许不准试图降落！"

没有回音。调度员又重复了一遍刚才的喊话，还是没有回音。他做了个厌恶的表情，关掉了麦克风。

"这个叫丹西特的家伙是谁？"汤姆问他。

"他是工科大学的研究生，是个聪明的家伙。我听说他从来都不顾及他人的权益。"

第二章　无耻的否认

"这个显而易见。"汤姆说,"这只是个半公共化的机场。他要是再像刚才那样'表演绝技',就会被永远禁止出现在这儿了。你还知道丹西特其他的事吗?"

"知道的不多。他开的那架飞机是他自己的。他经常到处飞,最近还去了一些挺远的地方。"忽然,调度员指着远方说,"他来了。"

汤姆透过绿色的玻璃窗向外望去,发现丹西特的飞机正向他们这边飞来。

"我要去和他谈谈。"汤姆告诉调度员。

汤姆离开塔楼的时候,丹西特正让飞机来了个急转弯,然后下降落地。他根本没有费心思去走规定的跑道。

"真是个倔骨头!"汤姆生气地叫道。

丹西特把飞机降速开上跑道,然后慢慢滑行到停机坪。他走出飞机,汤姆正站在那儿等他。让汤姆诧异的是,丹西特是一个人出来的。

"你刚才表演那场秀是什么意思?你差点要了三个人的命!"汤姆大叫着说。

这个自大的陌生人薄薄的嘴唇微微向上一挑,露出一抹冷笑。

"你的命又没丢,你还在这儿抱怨什么?"他傲慢地问道。

"你明明看见我在你飞机前面。"汤姆的怒气不断上升,"你为什么要把我撞倒?"

"我几乎都没看见你,我——我当时有一秒钟看了下机舱的底板。"丹西特闪烁其词地回答着。

汤姆把手伸进口袋,再拿出来的时候,手心多了一枚闪闪发光,雕有狗头的硬币。

"你是在找这个吗？"

丹西特紧盯着那枚硬币，想要伸手来抓。可是很快他改变了想法，倨傲地注视着汤姆的眼睛。

"我从来没见过这枚硬币。"他说。

汤姆把硬币放回口袋说："丹西特，再有一次像今天这样的'表演'，你的飞行员生涯就结束了！"

没等丹西特说什么，汤姆就转身大步流星地朝家里走去。几分钟后，机械师开了一辆吉普车过来，载了这位年轻的科学家一程。

一进家门，汤姆就听到妈妈和桑迪正在严肃地讨论着奈德叔叔失踪的事。

"可怕的是，奈德到底发生了什么，咱们一点线索都没有。"斯威夫特太太说道，"我真是同情牛顿太太和菲利斯。"

"她应该受了很大的打击。"汤姆说着，想起了奈德那有着一头黑发的可爱女儿菲利斯。

桑迪打断了他们："爸爸就要进门了，他看起来很兴奋，或许他有新消息了。"

斯威夫特先生大步走进家门。"我们收到奈德的消息了！"他大声说道，"听着！"

"那就是说他还活着！"斯威夫特太太高声说道，感觉松了一口气。

汤姆和桑迪也高兴地大喊起来。

"对，他还活着，但是被抓起来了。"斯威夫特先生说，"他肯定用了你给他安在铅笔里的发射器，汤姆。我用雷达打字机破译了他的消息。是这样的——奈德很好，狗，八天！不要联系。"

"你觉得'狗'是什么意思,爸爸?"汤姆问。

"不是很明白。"爸爸若有所思地说着,"除非这个'狗'是奈德被关押之地的重要线索。"

"嗯,根据他的消息,奈德叔叔在八天之内都是安全的。"汤姆断言,"所以咱们最好赶紧弄清楚'狗'代表什么或者在哪儿。"

牛顿太太和菲利斯听到奈德的消息高兴坏了,汤姆向她们保证会尽快开始搜索。

晚饭的时候,斯威夫特一家一直都在谈论寻找奈德·牛顿的最好办法。

"我希望咱们能冒险联系一下奈德叔叔。"汤姆说,"这样就能更快地找到他了。"

而斯威夫特先生却想起了奈德叫他们"不要联系"的警告,他说:"咱们最好别让奈德的处境陷入危险——那些海盗会用极端手段报复他的。"

父子俩最终认为,如果奈德此刻正在大西洋的某个地方,那么用潜水艇来确定他的位置最合适不过了。

吃完饭,汤姆跟着爸爸去了他在一楼的一间带阳台的小屋,他们在那里谈话,说起了海盗和那些受害者们。

"爸爸。"汤姆说:"既然那些船上的人被弄晕之前没有任何预兆,而且他们也没有受伤,我想那些海盗似乎用了一种高频声波,就是能刺激人体神经中枢的那种。"

"这听起来倒也合理。"斯威夫特先生表示同意,"要不是那些乘客每次都会听见飞机的声音,我还以为那是一种制导武器。那种东西带有光束投射器，就是一种非武装的鱼雷，它能捕捉船只螺旋的声音，跟踪船只一段时间然后释放出光束。但是你的想法更合逻辑一些。"

"看来咱们要变身侦探来解开这个谜团了。"汤姆回应道，"说到谜团，爸爸，我今天在机场跑道上捡到了一枚奇怪的硬币。"

他把那枚硬币递给爸爸。斯威夫特先生好奇地看着它说："确实很奇怪。"

汤姆解释说，他是在丹西特的飞机撞倒他并飞走之后发现这枚硬币的，他还描述了那个理科生被问及这枚硬币时那躲闪的反应。

斯威夫特先生若有所思地摸着下巴说："你觉得丹西特在撒谎？"

"从他的反应来看应该是。"

接着他们又谈到了汤姆的潜艇。汤姆把硬币放到桌子上，从口袋里掏出几张新的潜艇进水口草图。突然，一阵长鸣声传来，声音很快变得越来越大，打破了房子里的寂静。

"是防盗报警器的声音！"汤姆大叫，"有人要闯进来！"

斯威夫特家周围的磁场一旦被激活，警报器就会响。为了避免它经常响，斯威夫特一家都在手表里安装了反激活装置。

汤姆和爸爸抓起两个装有五节电池的手电筒，从阳台的玻璃门冲了出去。手电筒强烈的光束将黑暗处照得一片明亮，可他们什么人也没有发现。这个时候，斯威夫特家的两条猎狗在狗棚里狂叫起来。

"有人藏在周围。"汤姆说："好，我要把猎狗放出来。"

就在汤姆快要走到狗棚的时候，一声尖叫突然划破了黑夜的沉寂！汤姆立刻转身回头。

"那尖叫声——是从房子那边传来的！"他担心地惊呼道。

第三章　极速追踪

是谁在尖叫?

汤姆向房子跑去,靠近房子的时候爸爸也一起跑了起来。跑到房子一侧的灌木丛旁他们停了下来。桑迪正站在那儿,一声不吭地盯着脚下——一个晕倒在地的人。汤姆将手电筒照向这个人,斯威夫特太太也从屋子里跑了出来。

是巴德·巴克利!

汤姆蹲下身仔细观察着他的朋友,说:"他右眼上有严重的瘀青,看来他是被人打了。"

汤姆想方设法让巴德苏醒。几分钟后,巴德终于虚弱地呻吟一声,醒过来了。这个飞行员眨了眨眼,呻吟着想站起来,可不一会儿他又倒下去了。

"慢慢来。"汤姆说道。

巴德又尝试一次之后,在地上坐了起来。他咧开嘴,冲他们虚弱地笑了。

"一会儿我头脑清醒点就没事了。"巴德喘息着说道,然后突然想起了刚才发生的事,问汤姆,"你抓到他了吗?"

"谁?"汤姆急忙问道,"我们没看见任何人。"

"真可惜。"巴德说,"我走到这边的时候看到有个人从房子后面鬼鬼祟祟地溜过来。我就在这儿等,想等他走近了再抓住他。"

"他就是那时候打了你吗?"桑迪问道。

"不,那时候还没有。我想要提醒你们,所以我把贴身小刀扔进了磁场里,我知道警铃会响,会把你们引出来。然后我就开始跟踪他。"

"跟到哪儿了?"汤姆问道。

"他鬼鬼祟祟朝房子这边走的时候,我一直跟着他。可他一定是觉察到我在他身后了。就在你们从屋里冲出来的时候,我刚想扑过去抓住他,但被他一个转身躲开,然后一拳把我打倒了。对了,那人戴着面具。"

"真是太感谢你了,巴德。"斯威夫特太太感激地说道,"要不是你,那个人可能会盗走我们一些绝密的数据。"

一行人穿过玻璃门,来到斯威夫特先生的小屋。就在桑迪要拿冷毛巾给巴德敷眼睛的时候,汤姆大叫道:"那枚M国硬币!它不见了!所以这就是那个人要找的东西!"

"而且他还拿走了你的潜艇图纸。"斯威夫特先生说。

"幸好那是张很粗略的草图,拿去也做不了什么。"汤姆说。

"可那个人是怎么进来的?"斯威夫特太太问道,"警铃又没响第二遍。"

汤姆和爸爸一脸严肃地互相看着。那个闯进来的人显然知道怎么让警铃不出声!

"这位访客绝不是个业余小偷,而是个科学家。"汤姆发表意见说。

斯威夫特先生思考着。"我可以理解有人想要潜艇图纸。"他说,"但谁会想要一枚硬币呢?这硬币一定有什么特殊的意义。"

第三章　极速追踪

"你知道有谁可能会想得到它吗,汤姆?"巴德问道。

"是的,我知道。"汤姆回答说:"悉尼·丹西特。他是除了你们之外唯一一个知道我有这枚硬币的人。但让我想不通的是他为什么这么急切地想要拿回硬币,甚至都闯进我们家里来了。"

"这的确是个问题。"斯威夫特先生赞同道,"看来那枚硬币才是他真正要找的东西,毕竟他也不知道你会把潜艇的图纸带过来,汤姆。"

"即使这样,我还是痛恨图纸落到了这样的人手里。"汤姆自责道,"我真傻,居然把图纸放在这么显眼的地方。"

桑迪刚才一直沉默着,她希望能采取行动:"为什么不把猎狗放出去,看看它们能不能找出那个贼的踪迹呢?"

"好主意。他或许还是会穿过树林去走小路。"汤姆说。

汤姆和桑迪快速地跑过草坪,来到狗棚前。猎狗发出一阵吠叫,以欢迎它们的主人。汤姆打开狗棚的门,给猎狗套上绳子,然后带着它们来到了阳台。猎犬们到处嗅了几分钟,没有嗅到那个陌生人的气味。突然,它们开始兴奋地跑起来,鼻子在地面上不停地嗅着。

汤姆和桑迪也立刻跟着跑了起来,以最快的速度跟上奔跑的猎犬。此刻,猎犬正飞速跑着,扯得拴着它们的绳子都绷得笔直。没过多长时间,这对兄妹就跟着猎犬来到一片离他们房子不远的黑暗树林里。汤姆打开手电筒,强烈的光束探向那一片黑暗。身旁的猎狗一会儿狂吠,一会儿又伸着鼻子这儿闻闻那儿闻闻,带领他们走上一条弯弯曲曲,隐藏在树丛之间的小径。

"这就像是在寻找一片原子的碎片。"桑迪叹气道。

"我猜你说得对,妹妹。"汤姆说罢,接着便惊呼一声,

"听！我听见有人！"

猎犬骇人的叫声越来越大，汤姆把狗绳塞进桑迪手里，朝前面奔跑过去。不出所料，前面五十米远的地方有个人正要穿越灌木丛，汤姆渐渐追上了那个人。

"站住！"年轻的发明家喊道。

可那个人并没有理会。当汤姆离那人越来越近的时候，他意识到这人可能有车停在路旁，他想开车逃跑。

一分钟后果然有发动机的声音响起。汤姆追出树林的时候，一辆隐藏在树丛间的小汽车正在启动。

汤姆跑着冲向汽车的后档。就在这个时候，那人突然疯狂地加速，车子的后轮飞速旋转起来，把尘土和落叶扬得汤姆满脸都是。汤姆离车子后档就差了几厘米远，最终他只能气喘吁吁地看着那辆车冲上公路，扬长而去。

"汤姆，汤姆，你受伤了吗？"桑迪大声叫着，跑过去弯下腰看着她哥哥。

"没事，就是满脸都是土。"汤姆不甘心地回答道，"最糟糕的是我没看清那个贼的车牌号。唉，咱们把猎狗牵回去吧。"

把猎犬锁回狗棚之后，兄妹俩慢慢地往家门走去，一路上都在谈论这多事的一天——奈德叔叔被抓；他们俩死里逃生；和悉尼·丹西特交涉；那枚捡到又丢了的狗头硬币；潜艇草图被偷走；还有那个逃跑了的贼。

第二天早上吃早饭的时候，汤姆还在想着那些事。

"我敢肯定奈德叔叔被关押的地方和那枚被偷走的狗头硬币之间一定有联系。"他对爸爸说，"我敢打赌昨晚的那个贼一定是其中一个海盗！"

第三章 极速追踪

"你是说如果那人是悉尼·丹西特,那这个理科生是个海盗?"斯威夫特先生问道。

"是的。咱们的飞机调度员说他经常到处飞——有时还去很远的地方。"汤姆回答说,"他或许就是操控神秘机器,致使船上乘客晕厥的那个人!"

"等等,汤姆。"他爸爸提醒道,"这对一个理科学生来说是项艰巨的任务呢。"

"我敢打赌学校只是悉尼·丹西特用来掩饰身份的幌子。"汤姆断言,"爸爸,我在想那种机器会不会就像我正在为政府试验的那种一样。"

"我希望不是。"这位老科学家说道,"那可是绝密的呀。"

"总之,我有主意了。"汤姆说:"不久前我发现畸变器能抵消那个机器的声波。如果畸变器能用来对抗海盗的飞机,那他们把人弄晕的方法就会失效。"

"这是项艰巨的工作,汤姆。"他爸爸说着,眼睛里却和儿子一样闪烁着兴奋的光芒,"你想把畸变器安在哪儿?安在经权威认定会被袭击的船上吗?"

"不是的,爸爸。那意味着要么耗费好几个畸变器,要么就得把一个畸变器在船只间移来移去。我想把它安装在潜艇上。"

汤姆接着说,他会扮演一个船只护送者的角色,跟着那些可能会被袭击的船。当入侵者的飞机在船只上空盘旋的时候,他就会阻挡那个机器发出的声波,把能让人晕厥的射线抵消掉。当那些海盗登上"被劫的船只",面对的会是武装人员,或者是海军陆战队,而绝不是失去意识的乘客和船员。

"这是个很棒的计划。"斯威夫特先生饶有兴趣地说道。

汤姆兴奋地继续说着:"要是那些海盗知道了我们的计划想要逃跑,我就可以追踪他们的船或潜艇,找到奈德叔叔被关押的地方。"

"我现在就已经想到那些海盗被抓起来的情形了。"斯威夫特先生开心地笑了,"好吧,祝你好运。如果需要我帮忙,只管告诉我,汤姆。"

"谢谢你,爸爸。但是我想试着自己处理。你为了那个测量太阳辐射的全频热电堆已经很忙了。"

这位老科学家点点头,然后看了看表,发现听早间广播新闻的时间到了。他和汤姆每天早晨工作前都会听新闻。他把椅子转过去,打开一个安装在身后墙角橱柜里的装置。广播里传来的第一条新闻让全家人都竖起了耳朵。

"最新消息。"广播员说道,"海岸轮船公司刚刚报道称一艘本公司的轮船海王星号于几个小时前遇袭。船上的钱财、珠宝以及货物统统被盗,但所有乘客无一伤亡。一位来自迈克英托石与丹西特轮船公司(海王星号的所有者)的代表也无法提供有关轮船遇袭的任何线索。而另一艘被袭击的Ａ国船只也无法解释船是如何被袭的。现在有请我们的赞助商……"

"爸爸,你觉得悉尼·丹西特和迈克英托石与丹西特轮船公司之间会不会有什么联系?"汤姆问道,脑子里想着这两个相似的名字。

"当然也有这个可能。"斯威夫特先生回答说,"但是海盗为什么会袭击自己的船呢?"

"我不知道,除非他们想误导官方的判断。"汤姆说,"我想我得跟悉尼所在学院的院长核实一下这个人,还有他的家庭。或许这能帮我找到寻找奈德叔叔的真正线索。"

第四章 在潜艇里晕厥

汤姆决定把调查悉尼·丹西特的事情暂时推后一下,因为他约了工程师西德·贝克这天早上九点见面,帮他测试潜艇的最大承压能力。此时已经八点一刻。

"准备好出发了吗,爸爸?"汤姆问。

爸爸点点头,然后他们一起跟斯威夫特太太和桑迪道别,走出了家门。半个小时后父子俩到达斯威夫特企业集团,两人就分头行动了。

汤姆开车接了西德·贝克一起来到施工棚。他掏出电子钥匙照向厚重的滑门,等它打开后,便走了进去。里面满是铣床、车床还有铆钉枪的轰鸣声。乙炔焊炬白色的光时不时地闪着,让噪音更加强烈了。

"他们正在把指挥塔和换气装置安装到潜艇上去。"贝克喊道,"这样得等到中午才能进行耐压测试了。"

"那样的话我可以把测试推后几小时。"汤姆说道,"我想在潜艇上安装一个畸变器,你焊接的时候,我来安装,然后看它在水下如何工作。"

"没问题,汤姆。你安装好了告诉我们就行。"贝克说。

然后汤姆就离开了,走之前告诉工人们,这项工作一做完马上通知他。这个时间他就可以去调查悉尼·丹西特了。

汤姆回到他的吉普车上，开车驶向最近刚刚建成的三层实验大楼。他在电梯井处刹住车，按下上升的按钮，然后把车开进了电梯。升到汤姆的实验室所在的第三层，他驱动车子到了输送带上，穿过约400米长的走廊，来到了他的私人实验室门口。他启用了自动停车装置，然后把车子开到了输送带。

到了实验室，汤姆立刻给丹西特就读的大学打了一个电话。汤姆请求与奥尔索普院长通话，那是他的老熟人。

"嗨，汤姆。"那人亲切地打着招呼，"你和你爸爸什么时候再过来给我们理科班学生讲课，告诉我们你们正在做什么？难道又是最高机密？"

"绝大多数是。"汤姆回答道，"但是谢谢您的邀请。我打电话是想了解点信息，奥尔索普院长。是关于你们一个研究生的，他叫悉尼·丹西特。"汤姆把他的怀疑简单地向院长说明了一下。

"又是关于他的！"院长说，"我最近总听到丹西特的这些事。这话我只跟你私下说一说——我们正考虑把他劝退呢。"

"您介意告诉我为什么吗？"汤姆立刻感兴趣地问道。

"不，不介意。"奥尔索普院长回答道，"丹西特是个很没纪律的学生，喜欢来就来，喜欢走就走，常常一走就是三四天。"

"您知道他都去哪儿吗？"汤姆问道，"这也是我想知道的事情之一。"

"我不知道。可我知道他总是开飞机去。"

院长不知道丹西特的行踪，这让汤姆很失望。他还问了丹西特的家庭，当他知道丹西特的爸爸老丹西特是迈克英托石与丹西特轮船公司的合伙人之一时，他并不惊讶。

"悉尼一点也不像他努力工作、做事又认真的爸爸，也不像他很有魅力的妈妈。"奥尔索普院长继续说着，"我猜他就是个被有钱人家惯坏的孩子，太差了。悉尼有个聪明的脑子，要是能安下心来认认真真做事，他一定会成为一个很成功的科学家。"

汤姆又问了一些其他的问题，但是院长也不知道有关那枚狗头硬币的信息或是海岸轮船公司那些船只的名字。谈话结束的时候，院长答应会把丹西特叫到办公室问清楚他前一天晚上到底去了哪儿。

"如果我有什么重要消息要告诉你，我会给你打电话的，汤姆。"院长向汤姆保证，然后挂断了电话。

因为手头上没有船舶登记的信息，汤姆打算向斯威夫特家中心海域台的播报员询问他需要的数据。片刻之后他就和里克·道尔顿通上话了。

"把它们找出来。只要有任何跟海域遇袭事件有关的船只，并且是属于迈克英托石与丹西特公司的，除了海王星号——"汤姆吩咐道。

"立刻通知你。"道尔顿答应。

十五分钟后，汤姆的办公室里，可视电话的红色信号闪了起来。

"伙计，你动作可真快啊。"汤姆大笑着说。

"我飞到海关关长的办公室搞到了这些信息。"道尔顿说道，"就在海港那边转了五分钟。"

"被袭击的船只当中，海王星号是唯一一艘属于迈克英托石与丹西特公司的轮船。"

"干得好。里克!"汤姆谢过他,"我先挂了。"

之后的几分钟里,汤姆坐在那儿陷入了疑惑,他在思考着,怎样才能利用这个新线索进展下去呢?最后,他突然振奋起来。

"我一直坚信悉尼·丹西特和这些奇怪的袭击有关,可我又没有实质性的证据。"汤姆想着,"我最好先专心改良畸变器,让潜艇赶紧下水。"

之后的三个小时,汤姆一直都忙着改良畸变器,想减弱它启动时产生的振动。他满怀希望地看着仪表盘,看那个抖动指示器会不会停下。最后汤姆特别开心地笑了起来。他成功了!就连畸变器底座里微弱的嗡嗡声都完全消失了。

汤姆高兴极了,他刚要关掉仪器,突然耳边传来一阵洪亮的声音,吓了他一跳。那个声音来自正门传达室里的扩音喇叭。

"嘿,汤姆!"那个熟悉的声音大叫着,"招待个老朋友怎么样啊?"

汤姆兴奋地跑到扩音器那儿,拉长了声音喊道:"乔·温克勒,我真没想到你会这么快就回来了。"

汤姆关掉畸变器,走到实验室门口,等待这位朋友的到来。乔曾是个流动炊事车的厨子,现在他成了斯威夫特所有探险中的大厨。不一会儿,这个矮胖的男人就骑着公司的小摩托出现了。在时速48千米的输送带上前进,乔就像一个骑在小马上的快乐牛仔。仅仅用了几秒钟,他就到了实验室,然后从他的坐骑上笨拙地爬了下来。当汤姆大步走过来要迎接他的时候,这位厨师说:"你怎么说起方言了,汤姆?你搬家去西部了?"

"不,朋友。"汤姆慢吞吞地说,"只是想让你有回家的感觉,仅此而已!"

"你现在在做什么发明呢?"

汤姆和他说了双人喷气式潜艇。

"嗯,把我绑在上面得了!竟然还有潜望镜!"这个和善的厨子激动得快要说不出话来了,"是一个小型原子潜艇,嗯?"

乔惊奇地吹着口哨,接着又一脸正色。

他有些难过地说:"唯一遗憾的是,汤姆,你应该把这家伙造成能装下三人的,在里面设个厨房,让老乔跟着你们一起!"

"当然是想带你一起的。"汤姆表示同意,"但你最好待在岸上拽住连着我们的绳子,这样我们就不会迷路了。"

说笑结束后,汤姆把奈德叔叔被抓的事情告诉了他。这位厨师听后想立刻去追那些海盗。

"可是现在,我给你弄点饭吃怎么样,汤姆?"这个厨子向汤姆建议道,"你整天东奔西跑就像只疯蹿的小狗似的,从来都不记得吃饭。"

汤姆大笑:"好吧,但别给我吃那些让你腰围增大的东西。"汤姆用犀利的眼光看着乔那条尺码为52的腰带。

乔做了个鬼脸,然后往实验室的厨房去了。在他准备一顿三道菜的正餐时,汤姆和贝克取得了联系。汤姆还联系了他在公司里的两个特殊的朋友,一个是制模部的部长汉森,另一个是首席制模师汉克·斯特林。

"测压会在下午四点开始。"汤姆告诉他们,他希望汉森和汉克也去,"到那时畸变器就会安装在潜艇上了。我想测试一下遇到强大的压力时它会不会有什么问题。"

两人答应汤姆到时会去,他们说除非遇到空袭,否则一定会参加测压。根据汤姆的计算,他们认为这个小潜艇应该能很容易地潜到海下未被探索过的深度。

"咱们很快就能知道了。"他兴奋地说着。

汤姆一顿饭吃得心不在焉,压根儿没把心思用在乔做的饭上。这个厨子假装做出很受伤的样子,惹得汤姆大笑着说他不确定他心里乱蹦的小鹿能承受多大的压力。

"小鹿?"乔喊道,"你居然叫这些金褐色的小鱼是小鹿!"

然后他笑了,说:"哦,你是说你心里很焦躁。以前只要人群朝我的流动炊事车蜂拥过来,我也会有这种感觉。"

最后他把汤姆的大部分午餐都吃掉了,把自己的也吃光了。饭后,汤姆离开乔,打电话给机械师们,让他们过来把潜艇移到水槽里去,压力测试会在那里进行。

20分钟后,那艘喷气式潜艇就停在了那个巨大的混凝土水槽的边上,水槽建在企业集团场地一端的基岩内。潜艇光滑的黑色外壳以及全透明的前端在午后的阳光下泛着耀眼的光泽。

汤姆指挥工人们把畸变器安装在潜艇的尾端,并帮忙把它用螺丝钉拧紧。现在一切都准备好了。这个平底圆筒状的声呐传感器已经安置到一个鸟笼形的外壳里,正对着指挥塔。船头正下方安装了一个外形相似的回音探测仪。又经过了最后的调整,喷气式潜艇就能从底座上被吊起来放入巨大的水槽中,安稳地固定好。

这个时候,斯威夫特先生和巴德过来了。汤姆冲他们笑着。

第四章　在潜艇里晕厥

"你们来得真是时候。"他接着说,"我们正要开始耐压测试呢。"

不一会儿,所有人都到潜艇这了,汉克大叫着:"汤姆,你随时都可以进去!"

"祝你好运,儿子。"当汤姆跳上潜艇的甲板时,斯威夫特先生说道。

水从10厘米的管口向水槽里灌着,以每分钟上升0.6米水位的速度不断填充着这个巨大的空间。

汤姆身影消失在舱口处。工程师们最后检查了一下桥接器和畸变器,然后回到了地面上。水槽那0.6米厚的钢制双层门被高架起重机提上来并用螺栓栓紧。

汤姆·斯威夫特现在已经被双重密封在他的新发明里。再过六分多钟,水槽就会被全部灌满。正式开始了,肃穆的气息笼罩着站在外面观察的人。

汉克慢慢拉动压力杆,测试开始了!

汤姆热切地望着压力计在计量表上慢慢爬升,心里的焦躁不安也早已不复存在。

"太好了!"他高兴地低声自语。

随着压力不断加大,汤姆能感觉到船体在震动。现在,潜艇已经承受了相当于潜入海下1.6千米的压力!

突然,汤姆感到有些不对劲。他的左半边身子开始渐渐无力,而且他迫切地需要氧气。他意识到这一点,马上伸出右手要去打开应急箱的阀门,这样他就可以按开信号按钮让测试停止了。

但是,汤姆却没能够到任何东西,他的胳膊无力地垂下来,他倒了下去!

第五章　海盗袭击

斯威夫特先生和其他人并不知道汤姆在里面倒下去了,他们在厚重的混凝土增压器旁等待着,一直到测试结束。汤姆的信号迟迟没有从潜艇里传来。

过了一会儿,斯威夫特先生看了看手表。"都过了三分钟了。"他担心地说。

"别担心汤姆。"巴德安慰道,"或许他正全神贯注地想着测试,忘了时间了。"

时间一分一秒地过去。工程师们担忧地互相看了看彼此。斯威夫特先生看起来也非常不安。

"把压力降低!"他忧心忡忡地喊道。

汉克·斯特林赶忙把手伸向阀门,开始转动它。潜艇外壳的水压逐磅降低,散出的空气发出嘶嘶声。

"慢点儿降压,汉克。"贝克提醒道,"如果你降外压速度太快,潜艇的中和器会损坏,或许会给外壳造成压力。"

汉克点点头,表示同意。他的眼睛一刻不离地盯着测压表。等仪表的指针一回到零,水就迅速地被排出水槽,水槽的门也打开了。斯威夫特先生注视着潜艇那圆形的安全舱口,期待着它被打开,可舱口一直是紧闭着的。

第五章 海盗袭击

一群人都在等待着汤姆的信号。但时间一秒一秒地消逝,直到又过了一分钟,汤姆始终没有动静。

"他怎么还不出来呢?"巴德小声地自言自语。

斯威夫特先生无法再冷静了。"巴德。"他喊道,"一定是什么地方出问题了。把那个液压起重机拿来,咱们得把舱门撬开!"

一群人轮流用力,最终舱门被打开了。他们一齐用力把舱门拉开,进入潜艇的通道露了出来。巴德跳下梯子,一步一步向前挪着,直到他发现汤姆脸朝下四肢伸开地晕倒在地上。他把浑身都软掉的汤姆背到背上,从潜艇中央慢慢爬到了舱口。

斯威夫特先生和汉克也走下来帮他扶着汤姆,以减轻他的重担。几人小心翼翼地把汤姆放到甲板上,给他做了人工呼吸,但是他并没有反应。斯威夫特先生语气沉重地说:"咱们最好把他放到氧气仓里去。"

很快,汤姆被送到急救站,放入了氧气仓里。大约过了五分钟,他慢慢地恢复意识了。

焦急地等在外面的一行人透过氧气仓的窗户,看到汤姆的胸脯开始有规律地起伏,终于安心了一些。

20分钟后,救命的氧气仓被打开了。汤姆转动了一下脑袋,然后以出人意料的速度一下子坐了起来,他眨了眨眼,望向周围的人。

"发生什么事了?谁把遮光板拉下来的?我这是在哪儿啊?"他问道。

斯威夫特先生终于如释重负地笑了。"你简直吓死我们了!"他说。

"你刚才失去知觉了,发明家。"巴德补充道。

汤姆苦笑着听其他人讲述这次事故的过程,还有他是怎么被营救的。

工程师们也急忙地调查了这次事故的起因。汉森过来告诉他们——是铜管卷曲阻碍了氧气输送。

"我们最好把你送回家好好休息一下,儿子。"斯威夫特先生说,"你刚才简直是死里逃生。"

在其他人的坚持下,汤姆待在家里度过了一个安静的晚上,但睡一觉之后他就又准备给潜艇和畸变器做进一步的实验。让他高兴的是,畸变器不但能在水下工作,还能很好地承受住水压。

巴德悠闲地来到实验室,正要问汤姆什么时候把潜望镜安装到潜艇上时,可视电话的信号又开始闪烁了。

"可能又是里克·道尔顿来电话了。"汤姆说着,向控制屏走去。

屏幕上的图像还未清晰,电话那头的声音就传了过来,只听有人激动地说:"嗨!嗨!汤姆!快过来!"

当屏幕上出现图像的时候,显示的并不是道尔顿,而是泰德·艾尔海默,是斯威夫特家在西部的实况播报员。

"嗨!泰德!"汤姆说,"什么事这么激动啊?"

"我在F国——在沙漠里!"泰德紧张地回答说,"有件耸人听闻的事!就在两个小时前,有个由60人组成的施工队遭到袭击,所有人都晕过去了,他们失去知觉大概有20分钟。所有人都在想这次事件和那些袭船事件有没有关联。"

"听起来确实像有关联。"汤姆回应道,"那个地方被抢劫

了吗?"

"是的,我让施工队的两个人和你通话。"

一个穿着卡其色衣服,看起来很警惕的男人出现在屏幕中。"我是这个工程的工程师。"他开始说道,"我叫杰里·威尔逊。我们当时正在维修天然气管道。我们的人都分散在大概2.5平方千米的区域内,当地时间九点的时候我们就晕过去了。我只记得晕倒前我正在看一些工人连接管子。"

"你当时有什么特殊感觉吗?"汤姆问。

"一点儿也没有。"威尔逊回答说。

"你听到什么声音了吗?"汤姆继续问道。

"我想想。是的,我模糊记得晕倒之前听到一架喷气式飞机的声音。"

艾尔海默又让另一个人过来通话。这人拼命做着手势,大喊着:"我们被抢劫了!我那里有所有工人一个月的工资——将近五万元——全没了!那些钱刚空运过来一小时。"

"没有任何线索吗?"汤姆问道。

"没有。所有工人都晕过去了,所以应该不是内部人搞的鬼。"这人回答道,"我们在这一带碰到过好多次抢劫,但这一次真让我们损失大了。"

艾尔海默在这时打断了他们,他告诉汤姆州巡查官已经坐直升机到了,他现在得挂断电话了。如果事情有新的进展,他会通知斯威夫特家的人。

"嗯,才子。"巴德对汤姆说,"你打算如何查清这件事呢?这似乎和你那潜艇加飞机作案理论相悖啊。"

汤姆既迷惑又担心。之前他一直在想着怎么用潜艇去救奈德叔叔，可那些混蛋现在也可能在F国！当然，海盗们也可能会用一架或多架水陆两用飞机。想到这儿，汤姆拿起电话给最近的空中巡逻队拨打了过去。汤姆简短地介绍自己之后说："海域其他地方的水陆两用飞机使用情况如何？你知道有哪些是在不能通过安全测试的人手里吗？"

等了10分钟后，汤姆得到了答案。根据记录，没有哪架水陆两用飞机海域使用过。有使用记录的，驾驶员的品质都是无可挑剔的。汤姆向对方道了谢，然后挂了电话。

"这样就排除了一个可能。"这个年轻的发明家打着响指，"你知道吗，我觉得这次沙漠抢劫事件只是想要扰乱大家的视线。"

"而且五万元也是不可忽视的，我的侦探。"巴德说道，咧开嘴笑着，"尤其是用这样简单的方法抢劫。我觉得那个操控脉动器（让人晕厥的机器）的飞行员是着陆之后再去掠夺财物的。"

"也有可能。不过他更像是有个同谋，等他把所有人都弄晕之后，同谋再开车到达那里。"汤姆说道，"拿到那些钱然后在20分钟左右的时间里逃到很远的地方不是件难事。"

"嗯，那我们下一步该怎么办？"巴德问道，"斯威夫特和巴克利团队用潜艇去追海盗吗？"

"当然啦。只要我们能找到他们藏身之处的线索。这件事交给你怎么样？我得给潜艇安装潜望镜，还得处理进水口。"

"没问题。汪汪号行动就交给我吧。"巴德说罢大叫了几声。

两人一起上了输送带,去了施工棚。汤姆看见潜艇还在棚子外面,不禁有些生气。他正要让工人用滑轮推进去——防止有间谍来偷窥——他和巴德就听见头顶响起了飞机的呼啸声,他们立即抬头看去。

"哦,哦!有人来陪我们了。"巴德指着那飞机说道。

飞机绕着斯威夫特企业集团的边界转着圈飞着。

"那是丹西特的飞机!他来我们禁区做什么?"汤姆生气地大叫道。

飞机越来越近,飞得越来越低。一个急转弯,它径直冲着喷气式潜艇飞了过来。突然,飞机的一个舱门打开了,机身下出现了一个很大的黑色物体。

"是侦查相机!"巴德大喊。

第六章 空中追逐

丹西特的飞机对着潜艇拍完照片,就沿着树顶的高度向西飞走了。

"巴德,我要去追那个家伙,在他把胶卷冲出来之前把它们拿回来!"汤姆生气地叫道。

"你是说去追他?我觉得既然他知道你发现他拍照了,现在他是不敢着陆的。"

"他没什么不敢的。"汤姆一脸愤恨地说道。

只听一阵呼啸声传来,丹西特的飞机居然飞回来了,并且朝着工程公司工厂的商用机场飞去。

"开车载我一程,我要穿上飞行服,行吗?"汤姆问巴德。

"当然。"

两人跳上吉普车,巴德以最快的速度向前开去,而汤姆则穿上了他放在车里的靴子,带上了头盔。

"即使丹西特拍到了潜艇的照片。"巴德问,"那对他有什么用呢?"

"关键不在潜艇。"汤姆回答道,"畸变器完全暴露在外面,这就暴露了我的秘密。如果丹西特就是那个操纵让人意识丧失机器的人——"

第六章 空中追逐

"我明白了,机长。"巴德说,"这还挺复杂的。不过你或许高估悉尼的智商了。"

到达机场后,调度员告诉汤姆,丹西特并没有着陆,也没有请求降落。

"或许他直接飞走了,这样的话我得找到他!"汤姆说道,"给我准备一架小飞机,可以吗?"他对调度员说完,然后飞快地跑下了控制塔的楼梯。

几分钟后一架小飞机就开始启动了。就在这个时候,汤姆看见丹西特的飞机盘旋着飞过了机场东北方的小山。他迅速钻进飞机,在双火箭助推的作用下,只飞了一小会儿就追上了另一架。

不到一分钟汤姆的飞机就成直角冲丹西特飞了过去。丹西特冷笑着看了眼汤姆,汤姆向丹西特发信号示意他降落,可他却朝汤姆挥了挥拳头。然后,丹西特毫无预兆猛地向前冲去,飞机发出尖锐的声音向下俯冲,眼看离地面只有几千米远了,他向着一个巨大的红色谷仓飞去。

"你这个蠢货,你不要命了!"汤姆嘟囔着。

丹西特敏捷地绕过谷仓,身影消失在一个狭窄的山谷中,汤姆紧随其后。几分钟后,两人沿着一条波光粼粼的小溪飞向一座海拔较低的山峦。离山很近的时候,丹西特急速爬升,掠过树梢,然后一个转弯直奔向耀眼的太阳,汤姆则一刻也不松懈地跟着他。

忽然,丹西特迅速调转了方向,一个紧密的回旋飞到了汤姆机尾的上方,迫使汤姆的飞机不断降低,再降低。但汤姆却突然爬升,迫使丹西特旋转到右侧。然后,汤姆一个大幅度转弯又飞回到了丹西特身后。

丹西特这回铤而走险,驾着飞机就向下直冲。飞到一片广阔的草地上方,他几乎要碰到地上的草了。他的前方隐约出现一个栅栏,他右机翼的末端就这样划了上去。

"我猜那一定吓着他了。"汤姆嘟囔着,因为他看丹西特熄了火,降下机轮和副翼,以缓坡下降的趋势向一片旷野降落。他距离估算得非常准确,就在一个高高的铁丝网外面,让轮子着了地。

汤姆绕了个圈把飞机开向同一片旷野,飞机滑行了一段后停住,就停在离丹西特的飞机不到6米的地方。这个时候丹西特已经从飞机里爬了出去,开始步行逃跑。

"站住!"汤姆大叫道,"我要那个胶卷。"

丹西特没有理会汤姆。汤姆只好猛追过去,因为他跑得更快,很快就追上了对方。

可是,丹西特却突然一个闪身躲开了,随即狠狠地用拳头回击汤姆。汤姆灵巧地躲过他早有预谋的回击,一个拦腰横翻把他摔倒在地。

"胶卷在哪?"汤姆大叫,押着丹西特的胳膊把他按在地上。

丹西特没有回答,而是突然间身子向上倾去,想迫使汤姆松开束缚。但在他完全逃脱汤姆的控制之前,汤姆再次牢牢地钳制住他的胳膊,这一次他干脆跨坐在了丹西特身上。较量中,汤姆感觉有个硬硬的方形东西顶在他的大腿处。这就是胶卷吗?

"把照片给我!"汤姆凶狠地命令道。

"好吧。你让我起来我就给你。"悉尼·丹西特说道。

汤姆一个弹跳站起来,等待他拿出胶卷。丹西特从夹克里取出一个盒子,里面有一卷胶卷,他把盒子递给了汤姆。

第六章 空中追逐

汤姆拿过盒子，但他说还想看一下丹西特的相机。丹西特什么话也没说，带着汤姆走回了飞机，打开相机，里面什么也没有。

"满意了？"他没好气地说道。

"好吧。"汤姆说完，激动地补充道，"但是你无权飞越斯威夫特企业集团的上空。"

对方冷笑道："天空又不是你们家的，而且我只是想找点乐子。你现在已经拿到胶卷了，怎么还没完没了的？"

"还有件事我得跟你算账，丹西特。"汤姆说道，"你怎么解释我家里丢了图纸和狗头硬币的事儿？"

丹西特的眼中有短短一瞬的惊慌，但随即他便眯起眼，眼神冰冷又残酷地瞪向汤姆。

"如果你指控我是个贼，我就——"他边说着边一脸威胁地向汤姆走近。

"你是唯一一个看见我从跑道上捡起硬币的人。"汤姆平静地说。

"你确定只有我看见了吗？"丹西特发了火，"我没偷，没人能说我是个贼。"

他突然冲着汤姆的胸口就是一拳，又对着他的下巴一记上勾拳。年轻的发明家踉跄着后退了几步，有那么几秒钟，他的眼前天旋地转。等头脑恢复清醒，汤姆看见丹西特跳上飞机飞走了。

尽管对于丹西特趁他不注意袭击他并逃跑的事非常愤怒，汤姆还是庆幸胶卷回到了自己的手里。他做了几个深呼吸，等身体完全恢复了平衡，也爬上了飞机。他娴熟地驾驶飞机飞离那片平整的草地，很快向斯威夫特的商用飞机场飞去。

"我想知道丹西特到底拍了多少张照片。"汤姆思索着。

第六章 空中追逐

他打开身边的盒子向里看,只见一个小东西从里面掉了出来,滚到了驾驶舱的地面上。汤姆低头看去,吃惊得吹了声口哨。

狗头硬币!

汤姆一把抓起了硬币。这枚硬币和家里被偷走的那枚会不会是同一个呢?一定是的,汤姆推断。他已经完全相信那个刻在硬币上的狗头对悉尼·丹西特意义非凡。

"而且。"汤姆自言自语道,"这个野蛮的飞行员很快会再次造访的,到时我就能知道了!"

汤姆把硬币放进带拉链的口袋里,然后用无线电向地面请求降落。落地后他将飞机开进了机库。巴德·巴克利正在那儿等他。

"哇哦!空中大战这么激烈!"巴德大呼道,"你拿到胶卷了?还是只是在下巴上挨了一拳?"他好奇地注视着汤姆肿起的下巴。

汤姆举起那个装有胶卷的盒子,和巴德讲了追逐丹西特的整个过程,包括那很有收获的高潮部分。

"午饭时间到了。"

"饭菜得摆到我眼前,我才相信到午饭时间了。"巴德说,"我来开车怎么样?"

"去吧。"他俩上车的时候,汤姆说,"给你看样东西,会让你非常震惊的。"汤姆说道,这时候巴德已经离开机场,驶上了高速公路。

汤姆把手伸进口袋,拿出那枚狗头硬币。巴德瞥了一眼,惊得差点把车开出路面去。

"你是怎么又拿到它的?丹西特给你的?"巴德问。

"我想他还不知道这硬币现在在我手上。"汤姆回答说,

"它和胶卷放在一块儿,都在盒子里。"

汤姆注视着那个狗头,突然发现这枚硬币上有个很小的孔。他想着是不是有人故意凿上去的,于是轻轻一掷,把硬币翻了个个儿。硬币另一面刻有整个M国的地图。汤姆眯着眼观察这个小孔,想研究一下它在硬币正反面的位置。

"你在做什么?"巴德问,"你看起来像个为钱发了疯的人。"

"巴德。"汤姆激动地说道,眼睛却一刻也没离开那个小孔,"把车停到路边行吗?我要让你看看这个。"

巴德把吉普车停下,接过了硬币。

"看看这个孔是从哪里钻的!"汤姆说。

巴德把硬币拿到有光的地方,闭上左眼,凝视着那只狗头。"小孔正好在颈圈的中间。"他说。

"对,现在再把它翻过来。"

巴德照做了,然后说:"小孔在临近M国北海岸的地方。"

"看出有什么联系了吗?"汤姆问。

"没怎么看出来。"巴德回答说,"只看出这个孔可能代表M国海岸附近的一个岛屿,或者是大洋中的某个地方。"

"而且如果这个岛的形状像狗头的话,我们就有第二条线索了。"汤姆急切地补充说,"我们很可能会在那儿找到奈德叔叔!"

"太好了!"巴德大叫道。

"如果丹西特是其中一个海盗的话,我就明白他为什么想要拿回这枚硬币了。这很可能是海盗的徽章。"

"那个——有谁熟悉那片地区的岛屿呢?"巴德问。

"凯恩曾在那待过很长时间。"汤姆回答说,"他对那整个地方都很熟悉,我会问问他的。"

第六章 空中追逐

"那也等吃完饭再问吧,求你了。"巴德央求道。

他们来到实验室里的厨房,乔看了眼汤姆,随即大叫道:"我的天哪,你这是被人打啦,谁干的?"

"一个会上勾拳的海盗。"

"你就是不知道什么叫不惹麻烦,是吧?"这个厨子摇着头说。

他为两个小伙子准备了丰盛的午餐,并告诉汤姆吃一顿美食是让人恢复战斗力的最好方法。

"可要是你下巴一动就疼怎么办?"汤姆反驳道。

"那你把你的餐盘给我。"巴德大声说,咧嘴笑着,"一天三顿都很难让我保持战斗力呢。"

吃完午饭,汤姆就回到实验室,用可视电话联系上了凯恩。汤姆问了几个问题后,这个播报员说:"我从不知道有个叫狗岛的地方,跟这名字最沾边儿的就是猫岛了。但猫岛不在你说的区域里。"

汤姆听到这儿非常失望,刚要关掉可视电话,凯恩几乎是冲麦克风喊起来:"我想起来了!波马德里北部的一个小岛中间有一条很窄的河道穿过,实际上把小岛分成了两个岛。那条河道就叫狗的颈圈!"

第七章　敌人的领地

汤姆专注地盯着可视电话的屏幕，看凯恩用炭笔凭着记忆画出那个中间有条叫作狗的颈圈河道的小岛。

"其中一个岛像史宾格犬的头！"汤姆大叫道，"另一个像它的肩部，我知道这河道的名字是怎么来的了。"

"我记不起这个岛的名字。"凯恩说道，"但确实是个和狗有关的名字，我会查出来的。待会儿给你电话。"

"用大头针把它在地图上标出来，如果可以的话。"汤姆说道，然后挂了电话。

"凯恩替我做了我的工作，嗯？"巴德说，"这可是条大线索，我们终于知道奈德叔叔说的'狗'是什么意思了。"

"是啊，等凯恩查清楚其他信息，咱们就能确切地知道奈德叔叔被关在哪儿了！"汤姆激动地说道。

"到那时你会找机会联系奈德吗？"巴德问道。

汤姆沉默了一会儿，似乎正在权衡这样做是否明智。最终他摇了摇头。

"不，一旦那些海盗截获了奈德叔叔的任何消息，他们就会把他转移到其他地方去，或者会做出一些更可怕的事来。"汤姆冷静地说道，"无论如何，那样会浪费我们很多宝贵的时间。"

第七章 敌人的领地

"你是对的，猫头鹰侦探。我们没必要打草惊蛇。"巴德说，"那帮家伙确实占有充分的先机。"

"咱们最好把胶卷冲洗出来。"汤姆提醒道。

两个小伙子去了汤姆实验室旁边的冲印室，他们要看看丹西特到底有多厉害。"照片是空白的！"几分钟后汤姆大叫起来，这个年轻的发明家懊恼地说道，"我敢打赌真正的胶卷一定还在丹西特手上，他拿这个空白的来愚弄我！"

正当汤姆十分愤怒，对自己的上当感到非常自责的时候，实验室里的电话响了。汤姆走过去接起电话，电话那头是斯威夫特工程公司机场的调度员弗莱彻。

"喂，汤姆！"他激动的声音响起，"我无意中听到一些消息，特地打来告诉你！"

"是什么？快说。"汤姆催促道。

"是关于悉尼·丹西特。"弗莱彻说道，"他不久前回到这儿来了。我当时没有值班，就想着可以仔细观察他一下。他做的第一件事就是去电话亭给一个X城号码打了个电话。对方好像叫'奇尔科特'，但我也不确定。丹西特说'我搞到斯威夫特家新潜艇的照片了'。"

汤姆深吸一口气。"继续说！"他催促道。

"然后他告诉对方他会立刻去X城。他是大约五分钟前飞走的。希望你能先发制人，我真是受不了他这个人！"弗莱彻说。

汤姆把空白胶卷的事告诉了他，又补充说："丹西特说他会去X城的什么地方？"

"私人飞机三号基地。"调度员回答说。

"好的，非常感谢。"

汤姆挂了电话，把这个最新消息告诉了巴德。"奇尔科特可能就是其中一个海盗。"他激动地补充说，"我要开最快的喷气式飞机抢在他之前到达X城。你待在这儿等凯恩的消息好吗？"

"我一步也不离开这里。"巴德答应了，并说会把汤姆的去向告知他的家人。

汤姆迅速穿上皮制飞行服，让巴德打电话给机场，通知他们给他预热一架飞机。

"好的。"巴德说着，汤姆已经冲出了实验室。

汤姆到机场的时候，飞机已经准备好，可以起飞了。他很有信心能赶上丹西特，于是很快让飞机来了个直线爬升。他达到一定高度的时候，开始以水平飞行的状态驶去。

汤姆飞到面积巨大的X城机场的时候，夜幕已降临，飞机跑道上的灯在下方闪烁着。他把飞机调整到降落模式，然后落了地。

"尽快把我的飞机移开。"汤姆对机场工作人员说道。

飞机被移到了附近的飞机库。汤姆则在离他不远的航班控制台处找了个位置，他可以在那密切关注丹西特的到来。20分钟后，他听见了丹西特向控制塔发出的请求降落的声音。汤姆马上冲向大门，拦了一辆出租车，告诉司机先停在路边等他再次出来，然后回去继续等丹西特。

几分钟过后，他看见丹西特快步走向其中一个大门，右手拿着一个平面的方形包裹，就像他之前给汤姆的那个一样。

虽然汤姆确定那里面装的一定是胶卷，他还是克制住了跳上前去把包裹抢过来的冲动。他想再等等，看一眼将拿到这个胶卷的人会是更明智的选择。而且，汤姆推断只有科学家才会对这样

的照片感兴趣，所以从丹西特那里接手包裹的那个人或许就是海盗幕后的老大！

汤姆躲在丹西特看不见的地方，等他走过去。丹西特上了一辆出租车后，汤姆也赶紧跳上一辆出租车，告诉司机跟着前面那辆车。

"别跟丢了，师傅！"汤姆坐在副驾上说道。

"说吧，你是什么人，侦探吗？"出租司机问道，"你的证件呢？"

这可把汤姆给问住了。这人是要拒绝搭载吗？汤姆没有回答他的问题，而是说："你最近看过海域海盗袭船的新闻对吧。嗯，前面那个家伙就是其中一个海盗！"

"我的天哪！"那人惊呼道，"这个理由已经足够了。我们走吧！"

他们穿梭在涌入市里的车流中，很容易靠近前面的车且不被车上的人察觉。在通向市中心的大道上，汤姆的司机始终让自己和丹西特的车之间隔着两三辆车子。

在东河繁华区段的一条街道上，丹西特在一个风格很现代的公寓楼前下了出租车。汤姆告诉他的司机把车停在路中间等他。然后他悄悄溜下车，朝公寓楼走去。公寓楼从地面一直到高过汤姆头顶约0.3米的地方都是用黑色抛光大理石建造的，这个颜色再加上街道上昏暗的灯光刚好给了汤姆一个在黑暗里可以隐蔽的保护层。

这个时候，丹西特换左手拿着包裹，要付钱给出租车司机。他明显给了司机一张大票子，因为司机在很不耐烦地左翻右找给他找零钱。最后，丹西特走向公寓楼明亮的大门，看了看手表，然后转身来来回回地望着整条街道。

汤姆赶忙紧贴着墙壁。

就在这个时候，另一辆出租车在大门口停了下来。丹西特朝它走去，车里的人也打开车门走了出来。

只朝那个陌生人看了一眼，汤姆就觉得他再也忘不了这个人的脸了。这人长着一张长脸，脸上的神情严酷但又精明。这会是那个科学家吗？

汤姆迅速地跳了出来。

"站住，丹西特。把胶卷给我。"

丹西特认出是汤姆，惊讶得下巴都快掉了。但很快他就恢复了镇定，冷笑道："碰巧这个东西现在是我的，自作聪明的家伙。"

"作为研究科学的人，你一点也没有做这一行的道德观念。"汤姆控诉着，"这些照片是你窃取的。"

丹西特看了眼他的同伴，站在他旁边紧握着拳头，然后讽刺地笑了："道德观念，呸！你真是个涉世未深的蠢货，小子！"接着他做了个虚张声势的动作，他把包裹举向汤姆，提高了嗓门说："好吧，神童。你要是能拿到，它就是你的了！"

汤姆接受了这项挑战。他的手臂如旋风般飞速伸出，身形在黑暗中看得并不真切。他一把夺过胶卷，同时用身体猛地撞向对面两人，把他们撞倒在路边，撞得他们喘不过来气。

汤姆迅速把胶卷塞进夹克，拉上拉链，然后跑向等着他的出租车。

这时，他用眼角的余光扫见一个魁梧的门卫从公寓楼门口处冲出，正向他跑来。他立刻一个旋转扑向两辆停泊的车中间，想

第七章 敌人的领地

要从那儿穿到街上去他的出租车那里。可是他的右腿被一辆车的后保险杠绊了一下,结果就四肢平摊地摔倒在路面上。

他正想站起来,只见那个大块头门卫穿过两车中间那个狭小的空间向他径直走来。正当那人要扑向他时,汤姆抬起腿朝上方就是一脚。这一举动让那个身在半空中的大块头腹部重重地挨了一击,身体直接向后飞去。

汤姆借机从地上爬起来,狂奔向他的出租车,爬上车对司机说:"我们走!"

出租车呼啸着向前驶去。透过后视镜,汤姆看到丹西特一行人在大街中间乱作一团。他摸向夹克里面,万幸那包裹还在。

"继续往前开几个街区!"汤姆指挥司机说,"然后绕到中央车站。"

一到车站,出租车就开到了路边。汤姆谢过司机,从口袋里掏出钱付了车费,还给了他一笔很可观的小费。

司机开心地笑了,他递给汤姆一张名片,说:"下次再追踪海盗,不管什么时候都可以通知我。"

"我会的,迈克。"

汤姆下了车,走进车站前熙熙攘攘的人群当中,接着走向一个宾馆,打算在那里过夜。吃过晚饭后,他又急匆匆地赶往一家大型照相馆,这家店很晚了还没关门。

"我有个胶卷,能立刻冲洗出来吗?"他问一个店员。

"恐怕不行。"那人回答说:"所有技术人员都下班了。"

"我可以自己洗。"汤姆急切地说道,"给我间暗室就可以。"

"只要你能拿出身份证明。"

汤姆伸手进裤兜里想要掏钱包，那里面有几张能证明他身份的卡。但钱包不见了！

"我——我钱包丢了！"他叫道。

"抱歉。"那个店员说，"但除非你——"

汤姆记起他随身带了一封信，于是找了出来给那店员看上面的名字和地址，那个店员瞪大了眼睛。

"汤姆·斯威夫特，嗯？嗯，你自己找一间暗室吧，如果你的钱包被偷了，我可以借给你些钱。"

汤姆谢过他，说他另一个口袋里还有钱。走向暗室的路上，汤姆想着钱包一定是和那个门卫打斗时丢了的。

"一洗完照片我就回去找找。"汤姆自言自语道。

汤姆把胶卷放入一个圆形的槽中，倒入显影剂，然后仔细地计算着时间。到了时间他把胶卷拿出来，冲洗，然后把它固化。最后他把照片拿到了电灯下。

"是潜艇！还有畸变器！"汤姆激动地喃喃自语道，"这些照片拍得太好了！真高兴能从丹西特手上拿回来。"

汤姆把暗室打扫干净，急忙出去给店员付了钱，然后返回宾馆去了。他把底片放进宾馆的保险柜里，然后乘地铁回到了他丢钱包的地方。他找遍了人行道和整条街，但始终没找到。

公寓楼门口已经换了另一个门卫值班。这时，汤姆突然有了个想法：他决定要拜访一下那个可疑的科学家。但是几经查问，他被告知没有叫奇尔科特或丹西特的人住在这里。

汤姆非常失望地回到了宾馆。睡前他给家里打了个电话，是爸爸接的。汤姆把拿回胶卷的事告诉了爸爸，然后问道："那个像狗头的海岛有什么新消息吗？"

第七章 敌人的领地

"没有,但有些其他有意思的事儿。道尔顿从佛罗里达打来电话说丹西特有几次被人看见和一个迈克英托石与丹西特公司的律师在一起,这个律师叫乔治·詹尼格,他也可能和海盗事件有关。嗯,咱们明早见。"

"好的,爸爸。"

汤姆安静地休息了一晚上,第二天便叫了辆出租车去了机场。他进入飞机库,那里原本停放着他的飞机,可是现在,飞机却不见了。

"我叫汤姆·斯威夫特。我的飞机哪儿去了?"他问一个看样子像是管理飞机库的人。

那人吃惊地看着他,问道:"你是汤姆·斯威夫特?"

"当然是。"汤姆说道,对那人的反应感到迷惑又很不耐烦,"我现在急需用飞机!"

"嗯。"那人回答道,"如果你真的是你说的这个人——那你可真倒霉。你的飞机已经飞走了。"

"什么!"汤姆几乎大喊着说:"什么叫——飞走了?"

"我只知道昨天晚上有个人来开走了飞机——他拿着所有能证明身份的证件——说他是汤姆·斯威夫特。"

第八章　被追捕的间谍

"有人冒充我！"汤姆不可置信地叫道。

那个飞机库管理员点点头，告诉汤姆那个开走他飞机的人出示了一个钱包，里面有几张卡。

"他长什么样？"汤姆问道。

根据管理员的描述，那人就是丹西特在公寓楼前的那个同伴！汤姆恼怒地哼了一声，他也说不准那人会用证件或飞机去做什么。

"你知道他去哪儿了吗？"汤姆问。

"不太确定。但他曾要过一份南部的天气情况报告。最近那儿的天气不好，现在正是飓风多发的季节。"

汤姆立即跑向电话亭，心里想着飞机现在会不会在那个"狗"岛上。他给警方和空中巡逻队都打了电话，向他们举报了那个窃贼，并详细描述了被盗的飞机，还有那个嫌疑人的外貌。然后，他给在肖普顿的巴德·巴克利打了个电话，告诉他事情经过，并叫巴德来接他。

"把'蓝天女王'开来。"汤姆说道，"全速开到这来！我要找出那个盗用我身份的家伙。"

"我马上就出发，机长。"巴德回答道。

第八章 被追捕的间谍

汤姆挂断电话,查了下丹西特的行踪,发现他昨天半夜开自己的飞机走了,而且并没有说明要去哪。汤姆想,丹西特或许是去跟随盗走飞机的那个人了。

"那个——斯威夫特先生。"飞机库管理员突然对他说:"我想起来,那个盗取你飞机的人走的时候落下一件雨衣,或许雨衣口袋里会有什么线索。"

他打了个电话给失物招领处,之后工作人员就把雨衣送了过来。可让汤姆失望的是,雨衣里根本没有能证明那人身份的东西。但是,他却找到两张皱皱巴巴的油印纸。

汤姆读着第一张纸上的内容,他惊讶地发现这是一份关于军用超声波攻击性武器的论述。

"是海盗们把人弄昏的方法!"汤姆喃喃地说着,心里的兴奋感越来越强烈。

越往下读,汤姆的心跳就越快,也越激动。他快速翻到第二张,注意力被纸张底部作者的名字吸引了过去。汤姆盯着那个名字足足有一分钟,好像着迷了一样,只见那上面写着——赫尔曼·奇尔科特。

汤姆又是一阵狂喜。看来线索越来越多,出现的速度也越来越快了。

"找到奇尔科特应该不难。"他想着,"我得问问爸爸关于他的事。"

不一会儿,汤姆就和爸爸通上了电话。从爸爸那儿,他知道了一件更令人吃惊的事。斯威夫特先生一听到那个名字马上就想了起来,给儿子读了一则科学期刊上的消息。

"本期刊很遗憾地对读者宣布:赫尔曼·奇尔科特最近从K

国政府最高机密岗位上失踪，目前，正被当局当作疑似间谍展开追捕。"

"老天！"汤姆叫道，"咱们真是碰上了一个危险的敌人。"

"恐怕是的。"斯威夫特先生同意道，"别嫌我啰唆，汤姆，你跟那个变节的科学家打交道千万要小心啊。"

汤姆结束了和爸爸的通话，又慢慢读了一遍奇尔科特写的论述，发现他的这一发明在原理上和自己的没什么不同。

"我的畸变器一定能让那家伙把人弄昏的射线起不了作用！"汤姆兴奋地想着。

半小时后，巴德驾驶着"蓝天女王"呼啸而来。汤姆爬上这个巨大的飞行器，俩人很快起飞了。

"我来这儿可是用了比平常快十倍的速度！"巴德大笑，"我敢打赌，回肖普顿用十分钟就够了！"

"你发发慈悲吧！"汤姆大叫道，"我可不想飞机爆炸！"

回程途中，汤姆给巴德看了奇尔科特写的论述，并告诉他奇尔科特正被当局当作间谍追捕。

"他很有可能就是海盗的头目。"巴德猜测，"嗯，什么时候开始行动？你觉得他现在躲在'狗'岛那边？"

汤姆耸耸肩说："一接到凯恩的消息，咱们就开始下一步行动，去那边进行现场勘察，看看能有什么新发现。"

"你怎么不早说？"巴德抱怨着，把"蓝天女王"转了个方向想要往南飞。

"哦，不是用这架飞机。"汤姆赶忙说，"飞行实验室太显眼了。我们要拍照。"

第八章 被追捕的间谍

两个小伙子赶在午饭时间及时回到了肖普顿，他们和汤姆的家人一起吃过午饭，告诉他们要飞去现场勘察的计划。汤姆在取用来航拍的胶卷之前，先去检查了一下喷气式潜艇的进展。潜艇的无线电设备刚刚安装完成并已做过测试。汤姆检查了一段时间，直到确定潜艇达到了他的要求才离开，然后去实验室取望远镜去了。

到了实验室，他看见可视电话的信号闪烁着，急忙走过去接起电话。闪烁的信号停了下来，凯恩出现在屏幕里，他站在一幅标注很详细的海洋图前。

"我找到你要的信息了，汤姆。"他说道，"那个地方叫猎犬岛，在波马德里的北部。"

他用铅笔在地图上指出确切位置。

"非常感谢。"汤姆对他说，"再见。"

就在汤姆挂掉电话的时候，巴德跑了进来，对他说："那个——机长，我刚刚查了下海上最近的天气情况，不乐观啊。"

"我知道。但咱们得努力战胜任何坏天气。"汤姆说道，把凯恩所说的有关"狗"的消息告诉了巴德。

"所以猎犬岛就是海盗藏身的岛屿的名字！"巴德惊呼道，"那我们现在就出发！航拍飞机已经预热好，可以起飞了。"

巴德非常喜欢驾驶这驾很有意思的飞机。它的外形实质上是个椭圆的机翼，整个机身有大量空间来放置相机。这架飞机靠两个引擎来驱动，它还有个超凡的机翼槽设计，能让它每小时滑翔24千米，非常适合航拍。但若需要加速飞行时，它可以达到每小时956千米。

两个小伙子走到机场。汤姆校准双目摄像机的时候,巴德给气象局打了个电话。

"那边最近的飓风情况怎样?"他问道。

"有场风暴正在M国附近酝酿。"那个气象观察员回答说,"但接下来十二个小时它应该不会正式开始。几小时之内,我们会发出预警信号。"

巴德把这个情况告诉了汤姆,说:"咱们最好让这变成一场潇洒的旅行。"

汤姆咧开嘴笑了:"十二个小时?飓风真正到来之前咱们都能回到家酣睡一觉了。"

他加大右舷引擎的油门,左侧的主引擎咆哮一声也开始启动,整个机舱随着气流震动起来。飞机滑上跑道,左右晃动着,然后在一声惊天的呼啸声过后,起飞了。

飞了大概有半小时的时候,巴德说:"刚才看见了许多政府的飞机——似乎它们今天都出动了。"

"我猜他们是在盯着大洋航线,以防再有人袭击船只。"汤姆说道。

"你确信除了那次沙漠袭击,海盗们始终都没转移作案地点是吗?"巴德问道。

"对。他们或许因为有利可图而去远的地方作案,但我相信,他们的根据地就是在这儿。"汤姆回答道,"顺便说一声,我忘告诉你了,我在桌子上看到奥尔索普院长的留言条,他说自从硬币从我家被盗走的那晚之后,丹西特就再也没回过学校。"

当两人的飞机靠近巴哈马群岛的时候,一股强风撞上了他们

的机身。

"看来那个气象观察员似乎错了。"巴德说道,"飓风并不是还有十二个小时才来。"

"我想你是对的,巴德。咱们几分钟内将会遇到很强劲的顶头风。"

汤姆将飞机开到安德罗斯岛上空,两人瞥见一些色彩绚丽的珊瑚礁。

"你打算在猎犬岛拍多少照片?"巴德问道。

"咱们靠近岛的时候拍两张。"汤姆回答说,"飞越狗的颈圈河道的时候拍一张。当然录像机会全程开着。"

"那个地方有人住吗?"

"据凯恩说,没有。"汤姆说,"可能会有些渔民。"

当飞机飞到一定高度,两人看见下方的白色浪花一排排地向前涌去,海面波涛汹涌。

汤姆把一个固定在控制板上模样奇怪的小东西调整了一下。

"那是什么东西?"巴德问道。

"便携式声波畸变器。"汤姆回答说,"和我在潜艇上安装的那个大个儿是一样的原理。我得确保咱们不会被海盗弄昏。"

"咱们又没有可抢劫的价值,你觉得他们会那么做吗?"巴德问道。

"如果他们怀疑咱们的身份,就会那么做的。尤其是他们发现咱们在拍照的话。"

空中开始出现雾气,一开始只是在小范围内,后来面积渐渐扩大。

"咱们的红外感光胶片和红色滤光器能穿透这些东西。"汤姆说，"我得检查一下相机，确保一切都状况良好。你过来开飞机好吗，巴德？"

"我看见圣玛利亚岛了。"巴德叫道。那个岛屿离他们很远，在稍靠近港口的地方。

"如果你能飞到那个高度，和最后一个珊瑚礁正对齐的话，咱们就能从很好的角度拍到猎犬岛。"汤姆说。

他们刚要驾驶飞机爬升，就看见长着宽大叶子的棕榈树正被狂风吹得几乎要贴到地面上了。飞机也因为强烈的气流而时不时地颤动。

"咱们差点就成功了！"巴德大叫道。

"我真希望咱们能慢慢前进。"汤姆坐到相机旁边，"但最好别冒这个险。照片拍摄的时候咱们就一直往右边飞越岛屿，如果拍得不好，就飞回去再多拍几张。"

"猎犬岛！"巴德大叫道。那明显不会被认错的狗头和肩部出现了，和他们在地图上看到的一模一样。

汤姆向下看了一眼。奈德叔叔就在他们下方的某个位置上！他又一次克制住想要联系奈德的冲动。

紧接着，在巴德飞越岛屿的时候，汤姆轻轻按下开关，拍下两张照片。不一会儿又拍了一张河道的。

飞机始终保持原有航线，费力地直面迎上狂风。汤姆卸下相机开始研究那两张照片。

"没什么不寻常的，河道那边也一样。"汤姆失落的叹息一声，"我得多拍些照片。让飞机掉头，巴德！"

巴德照做了。他也拿过望远镜开始观察这个岛屿。突然间，他大喊："汤姆，猎犬岛有个飞机跑道，记得拍一下！在'狗'

的肩膀处。我们要降落吗？"

汤姆边拍边考虑这个大胆的想法是否可行。他刚要告诉巴德这回就冒一次险，突然一阵强风向飞机袭来，飞机打起旋儿来。

"是飓风！"巴德大叫。

一瞬间，机身剧烈震动，好像要被拆散架一样，然后以飞快的速度向下坠去。

第九章 逃生舱

飞机以每分钟600米的速度坠落,飓风肆意摆布着汤姆和巴德。突然间,他们又被狂风以同样的速度向上推去。

正当巴德拼命想让不停颠簸的飞机逃出竖直的气流时,飞机却打着旋儿转了起来。巴德的脑袋重重地撞在窗户上,昏了过去。

汤姆赶紧冲上前去控制飞机。他设法关小油门,降低速度,然后增大螺旋桨桨矩。他知道大多数海域的飓风都会往西北走,所以他想看准机会往东北方向行驶。

就在这个时候,巴德呻吟一声,揉了揉额头上快速鼓起的大包,低声说:"看起来很糟糕。"

"咱们总得让飞机冲出飓风圈。"汤姆说。

他专注地盯着周围不停打旋儿的黑色云团,飞机正在云里左摇右晃。突然,他屏住了呼吸,有那么一瞬间他瞥见前方有一点白色的亮光。几乎是死马当作活马医,汤姆驾驶飞机径直冲了过去。几分钟后,飞机已经置身于一片晴朗的天空中。

"你成功了!"巴德欢呼道,他抬起手拍了拍同伴的肩膀,"我关键时刻昏过去倒真是帮了大忙。"接着,他郁闷地说:"但是下回我会机智一点的。"

第九章 逃生舱

"我还能指望你吗?"汤姆咧开嘴笑了。

"对了,帆船小子。"巴德问道,"咱们现在在哪儿啊?"

"咱们当然是被飓风吹出了很远。"汤姆回答说,"但正在往肖普顿方向飞呢。你过来开飞机,我要看看录像机有没有带来比那些照片更好的线索。"

飞了一段时间,巴德看到了陆地,汤姆看完了录像,他很是兴奋。

"录得很好,巴德。你是对的,那里是有飞机跑道。而且在狗肩膀的一角有个树丛,那里可能是个被掩护起来的机场。"

"而且我敢打赌,你那架被盗的飞机也停在那儿,正等待在下一次袭击中派上用场。"巴德带着一种厌恶的语气说道。

汤姆惊奇地看着他的同伴,说:"巴德,你说得很有可能!那些海盗可以用我的飞机实施袭击,这样的话就没人怀疑到他们了。"

似乎是为了印证汤姆的想法,当汤姆用无线通信设备接通家里时,传来爸爸清晰又激动的声音:"又有一起袭击事件,相同的作案手段。这一次是在伊利湖附近的一个小城镇。所有身处袭击中心的居民都被击晕,失去知觉有将近半个小时。"

"那里被抢劫了吗?"汤姆问道。

"当地银行被洗劫一空,损失相当大。"斯威夫特先生回答说,"听着,汤姆。附近的小山上有一些喜欢给飞机摄影的人,他们提供了那天所有过往飞机的资料。你的飞机是其中一架!"

汤姆的双眼顿时喷发出怒火。他下定决心,谁也阻止不了他去抓住那个开他飞机的混蛋。

"你什么时候回来，汤姆？"爸爸问道。

"很快。"

回到爸爸在肖普顿的办公室，汤姆又听到了新消息。他了解到，政府已经撤销了对海上的监视。霍普金斯上将还通知斯威夫特先生说除了一架飞机和一艘小型特快驱逐舰，其余用来监视的交通工具都被撤走了。

"恐怕这让丹西特、奇尔科特还有其他同伙更是有机可乘了。"汤姆担忧地说着，"爸爸，我想他们应该还在安德罗斯岛周围。即使我什么都不做，也要立刻乘喷气式潜艇下海去救奈德叔叔！"

"冷静点，儿子！我向你妈妈保证过，逃生舱完工之前你绝不会行动。现在怎么样了？"

汤姆笑了，说："这个我一直在秘密进行呢。巴德给它起名为'小胖子'。"

汤姆简单概述了一下这个金属"小胖子"的主要特征。它的主体为蛋形，中央直径有1.5米长，里面设有一个驾驶座，驾驶座周围有一圈仪器。"小胖子"还有个石英窗。这个窗是通往舱内的入口。

汤姆指出，这个逃生舱由气压驱动，并装有小型沉浮箱，这让它可被当作迷你潜水艇来操纵。两个"小胖子"将被安装在喷气式潜艇的降压室旁，降压室从内从外都可打开。

斯威夫特先生专注地听着汤姆讲述。"但我的主要创新之处，爸爸，是'小胖子'的缩放臂和缩放腿，还有双手和双脚。我会在舱内用按钮来控制它们，它们看起来就像真人一样。"

斯威夫特先生挑了挑眉，说："那你怎么防止这个'小胖子'跌倒呢?"

"陀螺仪!"汤姆回答道,"相当于一个自动平衡脑。"

"这下我服了。"斯威夫特先生承认,"可它经过操作测试了吗?"

"还没有。"

斯威夫特先生皱了皱眉:"理论上的检测是一回事,模拟实际操作又是另一回事。"

"我打算明天上午晚些时候做操作测试,爸爸。今晚我先大概检查一下。"

"打扰一下,各位。"一个深沉的声音从门口传来,乔走了进来,"我只是来告诉大家,餐车已经在外面了,饭菜保证够你们两人吃。"乔咧嘴笑了,说:"如果你们不想自己盛饭,嗯,我就只好帮你们盛了。"

他推进来一辆餐车,上面有好几个被盖住的金属盘子,盘子底下用火烧着保持热度。他开始为他们摆放。

"我当然痛恨挨饿。"汤姆说着,咧开嘴笑了,"可我宁愿自己动手,也不要被——嗯,'下毒'。碗里那些颜色挺有趣的东西是什么?"

"是汤,不是——"

"紫色的汤!"汤姆惊呼道,"你在里面放了什么,碘酒?"

乔看起来一脸受伤的样子。他向斯威夫特先生求助:"你知道那是什么吧,先生?"

"恐怕我也不知道。"这个老科学家回答道。

"嗯,老兄!"这个厨子惊讶地说道,"你们先尝尝。那是刚捕上来的鳄龟加紫甘蓝炖的汤。"

"啊！这只可怜的龟命运真是凄惨！"汤姆叹息道。

乔对这样的评价没有作声，而是向汤姆投去一个暗淡的眼神。汤姆拿起勺子从那碗混合物里舀起一勺尝了尝。

"我尝不出这乌龟是什么时候断气的，也尝不出紫甘蓝是什么时候从地里拔出来的。"他说，"但这汤确实很好喝。"

那个大厨终于如释重负地笑了，他等在那儿看着父子俩吃完各自盘子里的食物。当他要给他们添饭菜时，斯威夫特先生说："汤姆，我得去出趟差，之前拖了很长时间了。你还记得我在那儿的朋友福斯特先生吗？"

"就是有一艘游艇的那个人？我一直都记得小时候和他乘樱草花号航游，还跟一条鲨鱼搏斗。"汤姆说。

爸爸的眼神也因回忆起往事而熠熠生光。"福斯特先生。"他说，"想要和我说一说有关他新发明的一些想法。他建议在船上完成这个发明，我同意了，但条件是他得和我去趟猎犬岛。"

"你可能会比我先找到奈德叔叔。咱们来比赛吧。"汤姆笑道，"你占先机，可我有快艇。可要是遇上海盗把你们击昏怎么办？或许你们应该带上一个畸变器。"

"说得对，我会带一个安装在船上。"爸爸说，"虽然我很怀疑那些海盗会不会费心思对付一艘游艇，他们可是专门盯着价值连城的货物呢。"

"很有可能。"汤姆说，"那帮家伙是死敌，而你们又要去他们的大本营，那可是最危险的地方。"

老科学家把手放在儿子肩上，说："这就是为什么我打算今夜悄悄离开，而且一路上隐姓埋名的原因。但说到危险，你和我面对的是共同的事情，汤姆，都是挽救一条生命。"

父子俩相互理解地微笑了一下，继而岔开话题谈别的了。最后他们谈到"小胖子"，斯威夫特先生让汤姆发誓——确保逃生舱完全安全之前决不让潜艇下水。

次日上午十一点是对"小胖子"进行测试的时间。一行人聚集到室外大水槽处等待看演示。来的人除了工程师们，还有斯威夫特太太、桑迪和她的朋友菲利斯。

"演示人员在哪？"贝克问道，"这可是汤姆和巴德的活儿。"

这俩年轻人正在汤姆的实验室里，汤姆正在熔接两根导线。尽管他没用烙铁和焊枪，但仍然成功完成了焊接。

乔在旁边看着，眼里有种像是害怕的情绪。"那不是自然连接的，汤姆。"他说，"相信我，这可不正确啊。"

"如果向太阳借点火来让你生火做饭会怎么样？"汤姆笑了，说，"那块玻璃，是能吸收光线的特制玻璃。"

"你是说这是一块老式取火镜？"这个厨子问道。

汤姆点点头："只不过更坚固一些。"

这时电话响了，乔过去接了起来。听完对方的话，他瞥向汤姆，表情很奇怪。从头到尾他始终在说"好的，知道了"，最后还神秘地离开了实验室。

第十章　决定性测试

汤姆和巴德还没离开实验室去给"小胖子"做耐压测试,可视电话上的信号又开始闪了。两个小伙子站在原地没动,汤姆接通了电话。凯恩出现在屏幕里,汤姆便知道他又有新消息了。

"特大消息!"这位播报员说道,"一架飞机上的人员称看见一艘船在海域沉没,奇怪的是,船上没有发出求救信号——至少没有人接收到。"

"船上的人没准儿已经昏过去了。"汤姆说,"生还的人呢?他们透露什么信息了吗?"

"汤姆,没有人生还。"凯恩回答道,"那是一艘叫浪花云的小型货船。真是太悲惨了。"

"是啊。可问题是,究竟是海盗把它弄沉的,还是船发生事故了?"

"抱歉,这我可查不出来。"凯恩说道,最后又说了一句,"先这样吧。"

汤姆挂掉电话,转身对巴德说:"如果我们能查出浪花云上的货物究竟是什么,我相信,这或许能解开很多谜团。"

"那些可怜的人啊。"巴德低声说着。

汤姆已拿起电话和秘书通上话了,他让秘书查一查浪花云是哪家公司的船。不到一分钟秘书就查出来了："是南北大西洋轮船公司的，办公地点在X城。"

"帮我联系那边的货运经理。"汤姆对秘书说。

不一会儿，他就和那位经理联系上了。确认完对方的身份之后，他从经理那儿得到了想要的消息，然后又告诉了巴德。

"浪花云上有一部分货物不是很重要。"他说，"但其余的那些一定是海盗们需要的了——铀！"

"又是铀！"巴德说道。

"这些海盗无疑还要实施更多次魔鬼式袭击，他们随时都有可能行动。咱们得尽快把事情都办妥，才好展开救援。去给'小胖子'做测试吧。"汤姆皱眉说完，又催促道，"已经晚了。"

汤姆在前面带路，两人急忙走向测试水压的大水槽。水槽旁边的手推车上放着两个像是史前恐龙蛋的家伙，一些被连接起来的细长金属部件在他们周身叠放着。汤姆选了其中一个，巴德则选了另一个。

"注意啦，各位！"巴德模仿马戏团揽客的人喊道，"请看我们如何把这两个胖鸡蛋变成真人！"

当两人打开石英窗门的时候，巴德像魔术师一样做了个挥手的动作。之后他们钻进舱内，迅速检查完机械装置，开始操控起来。"小胖子"的缩放臂和缩放腿慢慢伸展开，准备就绪。没多久，在周围观看的人就看到两个长相奇怪的东西直立在那儿，与四肢相连的手指和脚趾让它们看起来像真人一样，模样很是奇特。

两个"小胖子"在汤姆和巴德的操作下开始行走。看到它们那滑稽的鸭步，围观的人都笑了起来。它们走到已灌满盐水的水槽边跳了进去，在水面上漂浮了几秒钟，然后开始下沉。

水槽的盖子被关上，贝克慢慢开启测压表。在外围观的一行人因为想起了汤姆上一次在水槽里的可怕经历，都在一旁密切地关注情况。贝克把水下的灯打开，跪到水槽盖子上，透过玻璃窥视孔看向里面。两个"小胖子"正在水槽底部慢慢行走，明显没受什么影响，即使压力不断增大，甚至超越了一般人能承受的范围，可他们俩还能行动自如。

"氧气管在哪？"桑迪问道。

"所有装备都在'小胖子'里面。"贝克说，"它不用依靠外界救助。你会看见有气泡从它顶部冒出来。"

"多和我说说这个逃生舱是怎么制造氧气的。"斯威夫特太太笑着说，她对儿子的又一项发明感到非常自豪。

"是氢氧化锂。"贝克说，"它会处理两人呼出的气体。汤姆通过一个小装置从水中获取氧气，这个超级棒的装置是汤姆一个很厉害的发明，比设计潜艇还要难呢。如果潜艇出了问题，他们能在舱里生存很长时间。"

测试结束了，贝克慢慢把水压降低。最后，水槽的盖子被打开，两个"小胖子"浮出水面，并在许多人的帮忙下从水里爬了出来。

当汤姆和巴德笨拙地从舱口露出脸时，围观的人又笑了。他们用了几分钟时间才从舱里爬出来，可汤姆已对其他人声明不要给予任何帮助，除非绝对必要。

"那个——乔去哪儿了？"汤姆环顾四周问道，"他不是想要看我们测试吗？"

"他当然想。"巴德说，"可他接完那个电话之后去哪儿了？"

第十章 决定性测试

没人知道这个厨师去了哪儿,大家都认为一定有什么紧急的事他才不得不离开,因为他总是想要在工作期间看看汤姆的发明。

对乔来说,那通电话非常重要,而且随着时间流逝,这种重要性愈加突出。乔离开汤姆他们之后,乘公共汽车去了肖普顿市中心,这都是因为他那开了一家小餐馆的朋友——格斯·米勒的一通紧急电话。

格斯的厨师似乎是生病回家了,乔答应在客流高峰期间过去帮忙。除此之外,格斯还告诉乔,他有两次无意中听到有顾客用极低的声音谈论汤姆·斯威夫特。如果那两个顾客再来这儿,那可是观察他们的好机会。

"我肯定会好好观察他们。还有,我做汉堡速度很快哦!"乔咧开嘴笑了。

乔到餐馆的时候,格斯正忙得跟只八爪鱼一样,又是煎鸡蛋,又是在柜台旁招呼客人,又是给收银台按铃。看到老朋友,这个瘦高个儿双眼一亮,顿时高兴起来。

"开始干吧,乔。"他说着,指了指后方的厨房,"素菜炖肉是今天的特色菜,很受欢迎,最好多做些。"

乔在他圆胖的腰身处系上围裙,心情愉悦地在光秃秃的脑袋上戴上白色厨师帽,然后开心地笑了。

"报菜名的时候大点声喊,我在厨房里才听得见,格斯。"他说。

"用不着那样。"格斯把拇指钩在吊裤带上说,"我昨天搞到个新奇小玩意儿。"

格斯指向隐蔽在柜台远端下的一个小麦克风。"我只要对着

它小声说话。"他说,"声音就能从火炉上方传出来。去听听!"

乔回到厨房,格斯大步走向柜台一端。"用烤面包垫底儿!"格斯轻声说。他的声音立刻在厨房里回荡起来,乔瞪大了眼睛。

"太先进了。"这个厨子说道,"我得告诉汤姆。"

接下来的一小时,格斯和乔两人团队招待了一大批饥肠辘辘的顾客。就在那一大锅素菜炖肉快要见底的时候,大汗淋漓的乔突然听见有人大声说着些奇怪的话。

"干完斯威夫特这一票,咱们就离开这儿。"一个人说。

"什么时候?"另一个声音说。

"嘘!别那么大声。"

乔非常惊讶,他把长勺扔进炖着的肉汤里,急忙走向柜台。两个外表粗野的男人正坐在隐蔽的麦克风附近。乔走向他们。

"你们刚才是在说汤姆·斯威夫特吗?"他问道。

那两个顾客吃惊地交换了下眼神,其中一个高个子冷笑一声,说:"没有,光头!我只是告诉我朋友有个任务得抓紧完成,听明白了?现在滚回厨房做你的汉堡去吧!"

"等等!"另一个人说,"咱们不如现在就付给这个爱偷听的人钱,然后走吧。"他把手伸进口袋,抓出一大把零钱拍在柜台上。

在这堆二十五分、五分、一角的硬币当中,赫然有一枚狗头硬币!

第十一章 神秘的囚犯

乔从汤姆那儿已得知M国硬币的事情,所以当他看见柜台上的狗头硬币时,大吃一惊,迅速把它抓了过来。

"嘿,别拿那么快!"高个子粗声粗气地说着,把硬币抢了回来。与此同时,他上前一步推了乔一把。这个胖胖的厨子晃荡几步,向后撞在堆叠的杯子上。杯子被撞落,碎了一地。

格斯闻声赶忙跑到乔的身边,想要抓住推他的人。可那两个男人飞快地从座位上溜走,往门口去了,临走还朝他们比画了下拳头。当他们走出门口的时候,正巧撞上一个要进店用餐的年轻警官。

"站住!"这位警官觉察到有些不对劲,命令道。

可那两个人根本没想照做,而是急于走人,结果差点把警官撞倒。

"拦住他们!"乔大喊,"他们是海盗!"

"站住!"警官喊道,在后面追了起来。

那个矮个子男人逃进一条小巷,身影消失在里面。警官扑向那个高个子,把他按倒在了地上,给他扣上手铐之后,把他带回了餐馆。

"海盗是怎么回事?"警官问道。

第十一章 神秘的囚犯

乔站在一群围上来喧哗的顾客中间,向警官说出了他的怀疑。

"我什么都没做。"被带往警察局的路上,那个高个子抗议道。

乔立刻给汤姆打了电话,告诉他发生了什么事。他提醒汤姆说:"我觉得肖普顿周围有一大帮人要找你的茬,汤姆。"

"谢谢你,乔,我会小心的。我现在要去警局了。"

汤姆非常迫切地想见一见那个有狗头硬币的人。他开着车飞速飙到警局,然后三步并做一步地走近大楼里。他向接待警员说明来意,警员立即带他向牢房区走去。

"那人说他叫崔巴。"警员说,"他就在下一个牢房。"

汤姆立刻认出了那个人。他就是丹西特当时接上飞机的那个人!

"警官。"汤姆激动地说道,"这人有个关系不错的朋友叫丹西特,他曾用飞机差点把我撞翻。"

汤姆向崔巴问话:"那天丹西特把你带去哪儿了?"崔巴却对汤姆怒目而视。

这位囚犯扭头问警官:"我必须回答这个小孩子的问题吗?"

"最好是。已经有好几个人要求警方找丹西特。如果你能告诉我们他在哪儿,警方也会对你从宽处理。"接着警官朝汤姆点头道,"继续问吧。"

"丹西特那天带你去哪儿了?"汤姆还是这个问题。

那人坐回他的铺位,点燃一根香烟,皮笑肉不笑地说:"好吧,我告诉你们所有的事。"

汤姆和那位警官交换下眼神，警官随即叫来一位速记员，让他记下崔巴要说的话。一个年轻人拿着纸和笔出来，崔巴开始说："我是马戏团的特技演员，常表演坐在旗杆上。可我又不愿意自己往上爬，所以丹西特先生载我飞上旗杆，把我放在旗杆顶端。"

说完他吐出一口烟雾，声音沙哑地笑了。

那个警官气得脸通红。"把烟掐掉。别拐弯抹角的，说得直接点！"他警告道，"丹西特是你朋友吗？"

崔巴的目光无礼地扫过汤姆和警官，说道："当然，他是我的一个朋友，而且他会把我从这儿弄出去的。任何人都可以有朋友，不是吗？"

汤姆继续问他："你从哪得到那枚狗头硬币的？"

"那个呆子眼神不好。"崔巴说，"我没有什么硬币。"

"我可没说那是枚硬币。"见崔巴的脸因说了谎都变紫了，汤姆继续问，"它在哪？"

崔巴极不情愿地从口袋里拿了出来。

"你从哪得到它的，丹西特给你的？这是你们团伙的徽章吗？"

"我无意中发现的！"崔巴喊叫道，"没有哪部法律禁止捡东西！我留着它当纪念品！"

警官在汤姆耳边低语，说他认为这个时候继续审问也没有用。这时候崔巴突然咆哮起来："你们不能拘留我！"

"你会因袭击乔被罚款。"警官说。

第十一章　神秘的囚犯

"好，我会交罚金，但是你得让我离开这个地方！"

汤姆把警官拉到一边，和他低声交谈了几句之后，警官转头对崔巴说："我们会拘留你几天再做些调查。"

"你们不能！"崔巴大喊道，"我会请律师的！"

"那是你的权利。"警官说完，和汤姆离开了牢房。

警官对汤姆说："有消息我们会通知你的。我会查一下调查局的档案，看看他是不是正在被通缉。"

回工厂的路正好路过格斯的餐馆。汤姆路过那儿的时候看到乔从里面走出来，胳膊下还夹着个包裹，他停下了。

"嘿，乔！上车，我送你回家。"

"好的，老板。"这个厨师笑着回答说，"这是给你的——素菜炖肉！"

"这菜我倒是随时都能吃。"汤姆说，"对了，你在斯威夫特公司工作间隙可以做个业余警察了。你帮我们抓住那家伙，干得很好。他是丹西特的朋友，无疑也是其中一个海盗。"

"哦！"乔惊呼道，"希望你们能让那家伙交代实情。"

吃完午饭，汤姆打算对斯威夫特企业集团的警卫和器械进行全面核查。他吩咐要一寸一寸地检查外围的磁化栅栏和监测天空的雷达装置，他还吩咐夜间值班的警卫人数加倍。汤姆自己还去实验楼楼顶安装了个巨大的畸变器，这是公司最高处的一个。这些预防措施能很有效地防止公司里的人被海盗击昏。汤姆对此很满意。

过了一会儿，汤姆去了施工棚，双人潜艇正在进行最后的检测。贝克迎面走来，脸上洋溢着灿烂的笑容。

"汤姆，你放在海水盆里测试的喷射发动机内部没有被腐蚀。"他说，"喷在管子上的锇铱合金实验成功了。改天告诉我合金里面锇和铱的比例吧，行吗？"

"好的。"

汤姆非常兴奋，潜艇上的液压喷射发动机终于能长期在水下工作了，再也不用顾虑海水腐蚀。之前他一直在努力解决这个问题。他知道即使不锈钢管也耐不住长期水下作业，普通漆经受不了太高的温度，而橡胶能把海水跟核反应堆隔开，防止热传导。

汤姆计算出锇铱合金里的金属比例，通过高真空管子把蒸馏过的合金镀到潜艇上。这样一来，潜艇所有暴露在外的表面都能得到保护了。

"明天天一亮我们就动身前往大西洋。"汤姆兴奋地对工程师说，"一切都准备好了吗？"

"是的，人员都准备就绪了。"

"我想让这看起来像是'蓝天女王'一次普通的运输。"汤姆说道，"太多人护航反而会引起注意，这是要避免的。"

"说得对。"贝克点头，"无论如何，如果这些海盗想要偷走潜艇，他们先要对付我们几个呢。"

"有小汤姆·斯威夫特的电话！"广播里传来喊声。

汤姆赶忙走进施工棚接起电话，是牛顿太太打来的。

"我有奈德的新消息了！"她欢呼道，"有两个人打来电话——是南蒂克号的船长和乘务长。"

"他们说什么了？"汤姆激动地问道。

"奈德还活着，但被抓起来了。那——那两个人没有直说，

第十一章　神秘的囚犯

但我想他们是觉得抓奈德的人是要从他嘴里套出你那些秘密发明的信息，然后——然后杀了他！"牛顿太太哭了起来，"哦，汤姆，咱们得赶紧采取行动！"

"我们会的！"汤姆叫道，"您一定要振作。我和巴德准备后天前往那里，爸爸已经开始行动了。"

"哦，那太好了。"牛顿太太说道，"汤姆，差点忘了告诉你，我让那两人去你那儿说说事情经过。"

"我会在门口见他们。"

十分钟后，汤姆陪同那两位海官到了门卫处的接待室。他们自我介绍说自己是韦尔曼船长和汉格乘务长。

"南蒂克号上所有人突然间都昏过去了。"船长说，"但牛顿先生、汉格和我很快就醒了过来。那时有几个人正爬上船舷，上船后开始搜乘客的口袋。"

"那个时候。"汉格接着说："我们三人已经完全清醒，就去追击那些海盗，和他们打了起来。后来他们的援军赶来，我们失败了。"

汤姆轻身向前，迫切地想听下去。船长说："他们把我们拖向船舷的时候，强迫我们吸入一些东西，我们就晕过去了。我和汉格再次醒来的时候，发现被囚禁在佛罗里达海岸一个与外界隔绝的小屋里。那地方常有武装警卫巡逻。"

乘务长说："有个人，负责给我们送吃的。无意中我俩听见他们的谈话，才知道了些牛顿先生的事。"

"你们知道他现在在哪吗？"汤姆急切地问道。

"不知道。我曾听那个人说，'他们永远不会找到狗岛的'，我想那大概是句暗号。"

"我想也是。"汤姆说,"对了,你们怎么逃出来的?"

船长大笑道:"趁给我们送饭的人不注意时敲晕了他,又在看守措手不及的情况下袭击了他们!"

"你们告诉警察了没?"汤姆问。

"警方一接到报案。"汉格说道,"马上就去了那个小屋,可那些家伙已经跑了。我们给轮船公司打电话,得知牛顿先生还没找到,就立刻过来见他的妻子。"

"你们觉得海盗是用潜艇袭击船只的吗?"

两人耸耸肩,他们也不知道海盗是用什么交通工具带他们到海岸的。

"我们能活下来真是很幸运。"韦尔曼船长说着起身,"嗯,再见了,斯威夫特先生。有新消息的话,我们会联系你的。"

汤姆谢过两人,然后送他们离开。之后他和巴德见了面,两人吃完晚饭,就在实验室大楼的休息室睡了一觉,这样敌人就很难知道他们的位置。第二天天快亮的时候,闹钟响了。

"快到喷气式潜艇首次航行的时间了。"汤姆兴奋地想着,"第一次出海就是去追捕海盗!"

第十二章　空中潜艇

外面天还没亮，斯威夫特工厂就开始忙起来。盖着柏油帆布的潜艇放置在一个巨大的十二轮拖车上，被推往停放"蓝天女王"的地下飞机库。

与此同时，汤姆正在私人办公室里召开会议。他坐在桌子上，身边围着他的首席工程师，几个信得过的工人，还有巴德。

"这是个危险的任务。"汤姆说，"丹西特和他的间谍们可能会来破坏我们潜艇下水的计划。我敢肯定他们知道咱们大概在做什么。"

"你真的认为会有很大危险吗？"巴德怀疑地问道。

"只有我们想不到的。"

汉森点点头表示同意。

"他们知道咱们要搬移潜艇。"汤姆继续说道，"但有件事情他们不会知道。"

"什么？"巴德急切地问道。

汤姆笑了。"不知道怎么搬。"他说，"这也是我想愚弄他们的地方。"

巴德挠挠头，又皱眉说："你不是要用大车运到斯蒂尔曼码头吗？"

"每个人都这么想。"汤姆说,"希望咱们的敌人也这么想,我是在光天化日之下把那个拖车带到这儿来的。"

"你是说你不打算用拖车运?"巴德不可置信地看着他,然后补充说,"我猜你是要给它安上翅膀,让它飞到海上去。"

汉森笑了:"巴克利,孺子可教啊。"

巴德咧开嘴笑了。"我知道你什么意思了。蓄势待发。"他转头对汤姆说,"那你怎么把那大家伙运到斯蒂尔曼?"

"很简单。"汤姆说,"把它装载到'蓝天女王'上。"

周围的低语声响起,表明这些人不相信那个原子能飞行器能强大到承载潜艇和起重机,这会让它超负荷的。

"我知道你们在想什么。"汤姆说,"但我会搞定的。"

汤姆打开桌子上的抽屉,拿出一沓写满数字的纸,递给汉森。

"看看这个,有什么想法,阿维德?"

这位工程师专注地看着那些数字,慢慢一页一页地翻看。

"我想你是对的,汤姆。'蓝天女王'发动机产生的能量足够运载潜艇了。"

汤姆起身向门口走去,其他人也跟了过来。

"我还有个主意。"汤姆说,"在潜艇推进'蓝天女王'飞机库之前,我想试一试。"

其他人听着汤姆的主意,眼睛睁得老大,随即会心地笑了。汤姆解释说,他有个假的大框架,搭建得很仓促,框架上盖着帆布,外观看起来就像潜艇一样。

"我想把它放在拖车上,再过几分钟就运出去。"汤姆说,"如果那伙海盗如我料想的一样警觉,他们就会在运送的路上设

埋伏。这个时候,'蓝天女王'就会载着真正的潜艇飞往斯蒂尔曼码头。"

汤姆带领众人去了工厂那个巨大的木工车间,假框架已准备就绪,可以启程了。

"我只有一点比较困惑。"巴德说,"谁来驾驶拖车呢?"

"没人驾驶。"汤姆说。

"我不懂哎,天才。"巴德说罢,两手抱着头,"来,护士,给我穿上病号服,把我推进笨蛋舱去吧!"

汤姆穿过车间走到一个小型摩托车前,招呼巴德说:"我们就用它来驾驶,伙计。我在摩托车上安装了一组控制装置,只要有人操控,它们就能驱动拖车,就像真的有人在驾驶一样。"

汤姆还说他已训练好一名工人,让他骑着摩托远远跟在拖车后面,通过远程控制来操控它。这件事他已从警察局长那里得到特许。

"我们该出发了。"汤姆说道,示意那个被选中做这项危险任务的工人过来,"你准备好了吗,杰弗斯?"他问那个身着白色工作服的年轻人,他正向汤姆走来。

"准备好了,老板。"杰弗斯骑上摩托车,驶出了车间。

与此同时,真正的潜艇已按汤姆的吩咐被一台起重机从大车上吊起,放在了地下飞机库旁边。杰弗斯熟练地控制拖车进入放有假框架的车间,十二个工人把盖着帆布的框架抬到了上面。

"你从正门出去。"汤姆对杰弗斯说。

拖车的驾驶座上放置了一个假人。几十米外,小摩托咯嗒咯嗒地跟着。拖车缓缓开动,从斯威夫特企业集团的正门驶了出去。

"我们现在该做什么？"看到高大的正门关上了，巴德问道。

"我得先给警方打电话，让他们跟着杰弗斯。"汤姆说，"然后看看会发生什么，杰弗斯有无线电设备，他会和咱们保持联系的。"

汤姆通知肖普顿警方之后，就和其他人赶往地下飞机库。他掏出电子钥匙照向门上的锁，门便轻轻打开了。

"开始行动吧，伙计们。"汤姆对地勤人员说。

十分钟后，闪闪发光的"蓝天女王"通过巨大的电梯从地下巢穴升到了地面。移动式起重机很快附到潜艇上。在汤姆的指挥下，工人们将这个原子能潜艇滑到"蓝天女王"的尾端。

"知道怎么做的话，看着就简单了。"巴德钦佩地说道。

可他的话几乎还没出口，汤姆口袋里的无线通信设备就收到信号了。

"我是T，我是T。"对方说道。

"收到，"汤姆回答道，"进展如何？"

"有可疑情况。"杰弗斯说："我们已行驶16千米，拖车前方突然有辆小汽车挡住去路，后面也有一辆。我跟他们有一段距离，要不要让拖车停下？"

"好。"汤姆说，"把它停到路边去，告诉我接下来的情况。"

这个时候，汤姆那几个信得过的员工都围了上来，要听听杰弗斯汇报假潜艇遇袭的情况。

"跟我想的一样。"汤姆对他们说。

接着就听见杰弗斯突然变高的声音："汤姆，两辆车上各下

第十二章　空中潜艇

来一个人,他们打了那个假司机,现在正在扯帆布,哦!"

杰弗斯短暂停顿了一会儿,然后说:"他们疯了吗!他们正诅咒你去太平洋一路不顺!"

汤姆轻声笑了:"继续说!"

"他们似乎对拖车是怎么开动得很是不解。两人急忙跑开了,就跟遇到鬼了一样。警察来了。"杰弗斯说道,"但恐怕来晚了,那些混蛋跑得很快。"

"干得好,杰弗斯。"汤姆说,"以最快的速度赶回来,卡车待会儿派人开回来,再听警方说明情况。"

说完,他转向周围的人说:"障碍已经扫除,各位都准备好了吗?"

他和巴德在"蓝天女王"上安装好梯子,梯子在这个巨大飞行器的一侧,有两层楼高。

"乔去哪儿了?"汤姆问道。

"你不用问我在哪。"一个声音从飞行器里面传来,"你的老厨子已经等了一个小时啦,从你给家里打电话道别的时候等到现在。"

汤姆坐上驾驶座,打开对讲机说话,看后方的机组成员能否听到。等一切准备就绪,汤姆给两个牵引机发信号,让他们把"蓝天女王"带到机场跑道那边。完成后,汤姆让所有在飞机旁边的人都退后,接着"蓝天女王"呼啸着从地面升起,直冲上天。

"你说得对,汤姆。"巴德说,"这飞机载喷气式潜艇就像载洋娃娃一样。"

升到3千米高的时候,汤姆开始加速朝目的地飞去。不到半小时,淡灰色的海洋就映入了眼帘。

"我们就要到了。"巴德笑道,"相信我,把潜艇放进干船坞，越快越好。"

汤姆透过带有电子棱镜的双筒望远镜望向下方的陆地。他在靠近斯蒂尔曼的沙滩挑了一处合适的位置开始让"蓝天女王"下降。

距地面几十米的时候，正检查潜艇装备的巴德突然冲进船舱。

"汤姆！"他大叫道，"咱俩真是笨蛋！"

"出什么事了？"

"'小胖子'——咱们的逃生舱——落在工厂啦！"

第十三章 喷气机救援

巴德猛地坐到副驾驶座上,汤姆惊愕地看着他。

"'小胖子'!即使所有东西都没有,试航也不能没有它们!"巴德冷静了一下,然后补充说,"我叫人用喷气机把它们运来。"

汤姆驾驶"蓝天女王"盘旋在斯蒂尔曼码头上空,用无线电接通了家里。他把贝克从被窝里喊起来,让他尽快把逃生舱送来。

"离这儿最近又能停喷气机的机场是亨里机场。"汤姆说,"离我们现在的位置有16千米远,我们中午会去接'小胖子',巴德会开卡车过去。"

"我马上就去办。"贝克向他保证道,"再见。"

汤姆让"蓝天女王"速度渐缓地向沙滩降落,他事先派到码头的工作人员也从活动房里跑出来看这个庞然大物落地。

飞行实验室在升降机的轰鸣声中完美降落。汤姆关掉发动机,让"蓝天女王"滑行到码头,然后爬出了飞机。他身后跟着汉森,一会儿汉森会把"蓝天女王"开回肖普顿。

"现在就卸下潜艇吗,汤姆?"一个工作人员问。

"越快越好。咱们要把潜艇放进干船坞,赶在人们醒来之前把它掩饰好。"

汤姆查看了一下这个秘密的下水地点，这个地方是汉克·斯特林和汉森四处勘察了好几个月才选出来的。他们勘测了许多短程地点，最终选定斯蒂尔曼。

这个码头有个建得很不错的干船坞。几年前，这码头是个海军快艇实验基地，被遗弃后又回到了他原先的主人——斯蒂尔曼先生手里。斯蒂尔曼先生就靠这个码头，靠这些小摩托艇过日子。

因为斯威夫特企业集团的新计划，斯蒂尔曼先生同意汤姆的工程师们提前过来布置这个地方，几小时就完工了。

汤姆非常满意地看着这个地方。起重机灵活地将潜艇移出"蓝天女王"的飞机库，带着它越过沙地，放在干船坞里。

这个时候，负责伪装潜艇的工人开始行动。几分钟后，巴德十分佩服地大叫起来："太棒了！这个掩护层就像与海岸融为一体了。"

"说得对。"汤姆说，"任何路过的海盗都不会注意到的。"

汤姆差不多一早上都在检查潜艇的重要部件。上午十一点，他派巴德去了当地飞机场。

"我想咱们已经扰乱了海盗的视线。"汤姆说，"但也不能冒险。贝克说他把'小胖子'装在大纸箱里，看起来就像装冰箱的箱子，到了机场会有人帮你装到卡车上。"

"没人陪我去吗？"巴德问道，瞥了汤姆一眼。

"那样恐怕会引起怀疑。"汤姆说。

"好吧，伙计。那我现在要跑卡车业务去了。"巴德朝汤姆

敬了个礼,大步走开了。

巴德从斯蒂尔曼码头出来,在平整的小路上走了大约400米。走出一段距离后,他在史密提车库那儿停了下来,租了一辆卡车。阳光明媚,天气暖和,巴德很享受这段穿越绿树林立的乡村到那个小机场的路程。

到了那儿,他把车停在办公楼边上,自己进了里面的小办公室。巴德向机场经理做了自我介绍,说他来这儿等斯威夫特工程公司的货物。

"很快就会到了。"这位身材瘦小的经理回答道,"那个飞行员已经发过请求降落的呼叫。"

巴德果然没等太久。十分钟后,他就听见喷气机的呼啸声。他抬起头,用手遮住阳光往上看去。

"嘿,这是什么情况?"巴德眯着眼睛说道,"怎么来了两架飞机?"

经理朝空中瞥了一眼:"对,两架喷气机。可另一架没有请求降落。"

巴德没再说什么,但他很担心。有人跟踪公司的飞机吗?他向经理要了副望远镜,观察那架陌生飞机,发现它竟然没有识别标志!不一会儿,这架飞机就不见了。

"真有意思。"巴德想,"嗯,我得在那个家伙确定落地之前赶紧离开这儿。"

斯威夫特公司的飞机在空中划了个弧,轻轻落在地面上,滑行了一段距离后停了下来,正好离巴德和经理所在的位置有几米远。

一个年轻的飞行员走出飞机,冲他们笑道:"FM为您服务。"他说着,冲巴德眨了眨眼:"你们这俩家伙,要不是脑袋连在肩膀上,我看你们连脑袋也会忘带。"

巴德做了个鬼脸:"我确实有个忘在家里了。"

两人在善意的玩笑中一起把那两个箱子从飞机上卸下,搬到了卡车上。

"跟着你的那架飞机是谁的?"巴德问道。

"不知道。他离我160千米远的时候我才发现他。"

"嗯,FM已经为飞机起飞做好了准备。"巴德说道。机场经理在一旁奇怪地看着他们。

"飞机可以起飞了。"年轻的飞行员挥挥手,上了飞机。随着一声长啸,飞机便启程向肖普顿飞去。巴德爬上卡车,关上车门,载着他的"货物"行驶在了返程的路上。

与此同时,在斯蒂尔曼码头,汤姆正等着巴德归来。钟表的指针快指向十二点了。巴德一点钟的时候还没回来,汤姆开始担心起来。

他着急地赶去码头办公室,给机场打了电话。机场经理告诉他,巴德一小时前就离开了。

"那他半小时前就应该回来了。"汤姆说着,担心地皱起眉来。为了仔细确认,他用无线电联系了肖普顿的办公室。那个"送货"的飞行员已经在回程的半路上,汤姆直接联系了他。当听说还有架飞机尾随的时候,他更加警觉了。

难道有敌人跟踪他们,然后告知那个尾随的人袭击巴德的卡车?

汤姆急忙赶往沙滩,工人们正对"蓝天女王"做粗略的检查。他爬上梯子进了飞机。

第十三章 喷气机教授

"这么急干什么去，头儿？"乔问道。

"再干点脏活去。"汤姆说，"准备好，我要出去一趟。"

汤姆径直走到飞机前端，在驾驶座上坐定，用对讲机发指令说要迅速起飞。

飞机直上云霄，几秒钟左右就到了那个小机场上空，定格在3千米的高空盘旋。汤姆用望远镜俯视地面，来来回回观察这个沙地遍布、长满松树的乡村。

突然，在一片长长的草地尽头和一条小溪交界处，他看见一架飞机和一辆卡车。汤姆拉近望远镜镜头，顿时，下方的景物离他好像只有3米远。

那是巴德的卡车吗？可他并没看见巴德。

不一会儿，卡车后面跳下来两个人。其中一个居然是丹西特！他和另一个人正要把一个大箱子抬到他们飞机上去。

汤姆觉得他该有所行动，于是想了个大胆的计划。他马上给发动机加速，准备俯冲下去。紧接着，在发动机极高速的驱动下，"蓝天女王"以死神般的速度冲向草地，从那俩人头顶飞速掠过。猛烈的冲击使丹西特和他的同伙被撞倒在地，他们往上看的工夫，"蓝天女王"已经在1.6千米开外。

汤姆朝下面的俩人看去，他俩一动不动地躺在地上。过了一会儿，两人爬起来，一边朝他们的飞机狂冲过去，一边拽着箱子。

"蓝天女王"再一次向地面俯冲过去，这一次，汤姆离丹西特的飞机非常近，强大的冲击让机翼都震颤起来。趁"蓝天女王"再次上升的空档，丹西特和他的同伙赶忙扔下箱子，跑向他们的飞机。尽管汤姆不愿意就这么放他们走，但他别无选择，他现在最担心的是巴德的安危。

他把巨大的"蓝天女王"停在卡车旁,下了飞机,奔向卡车。巴德躺在驾驶室的地面上,全身被捆绑着,嘴也被堵住了。汤姆帮他松了绑,问他到底发生了什么事。

"哇!"巴德说,"我刚才明显中了他们的圈套。"

接着他告诉汤姆自己是如何陷入一片雾气当中。现在回想起来,他怀疑这是有人故意制造的。

"我当时不得不降速慢慢开。"他说,"他们就是那时袭击了我。逃生舱被他们抢走了吗?"

汤姆告诉他那俩人被赶跑了。巴德笑道:"你这真是给了他颜色看看。"

"或许这起不了多大作用。"汤姆回答道,"那家伙可不是个安分的人。"

汤姆登上"蓝天女王",护送着下方开卡车的巴德一道回了码头。他们把逃生舱卸下车,装到潜艇上。汤姆给当地小镇的警察局长——乔治·斯莱特打了个电话,简短地说明巴德被袭击的事和自己在码头的计划,并要他保守秘密。

"我明白了。"斯莱特说,"我们立刻行动。"

警察局长向他保证会仔细留意和丹西特的外貌描述相符的人,一有情况马上通知汤姆。但接下来的一下午都没有消息。

到了晚上,汤姆和巴德一起检查了潜艇复杂的操纵装备。汤姆站在被无数灯光照射的控制台前说道:"准备得可以了,伙计,不然咱们做梦都会梦见闪光灯。上去吧,该睡觉了。"

"我不上去了。"巴德说,"我就睡在这儿——照看你这个

大发明。"他拍了一下潜望镜的手柄,咧开嘴笑了。

"好吧,随你便。"汤姆回应道,"我会睡在活动房里,那样离无线电设备近些——以防万一。"

"拜拜!"

回到活动房,汤姆派了两个人去外面站岗,自己则乘小艇巡视了一遍沙滩和近岸海域,他觉得自己的安全防护措施做得很好。巡逻的两人都配有袖珍式无线电通信设备,能连到汤姆的接收器。汤姆吩咐他们一旦发现情况可疑马上叫醒他。

汤姆在活动房里,坐在床上踢掉了鞋子。除了睡在房里的其他人均匀的呼吸声,屋里几乎和外面一样静。汤姆想,到目前为止,一切进展得还算顺利。敌人已被甩掉,至少他们线索已经中断。这样想着,他伸开腿躺在床上,很快进入了梦乡。

午夜,在外站岗的人突然发现有黑影悄悄沿着海岸移动,走过了宽敞的码头入口。这时的月亮悬挂在天空,借着明亮的月光,足以看清潜艇那刀形的外廓。

"汤姆·斯威夫特!"大惊失色的守卫立即发来无线电,"我看见一个——"

声音突然被惊天动地的爆炸声淹没,只见红色的闪光照亮了整个海岸。

第十四章　首次航行

活动房门前的地面猛烈摇动起来,好像大地震怒了一样。汤姆和其他人被这突如其来的震荡从床上震了起来。

潜艇被炸了吗?

"怎么回事?有人受伤吗?"汤姆叫道。

"没有。"其他人回应着,没有人知道外面的爆炸怎么回事。

"跟我来!"汤姆抓起一个特别亮的聚光灯对他们说,"潜艇!哦,但愿巴德——"

汤姆拼命跑在众人前面,说他模糊地听到守卫通过无线通信设备说了几句话,然后就中断了。

他跑到300米开外的干船坞,聚光灯强烈的光芒在黑夜里格外显眼,汤姆举着聚光灯照向潜艇上的掩护层,大声说着:"还好,爆炸不是在这儿。"

汉克·斯特林打开旁边柱子上的探照灯,黄色的光马上在四周蔓延开来,众人分散开检查各处。汤姆朝潜艇的掩护层下看去,只见巴德从逃生舱里走出来。

"你还好吗?"汤姆问道。

"还好。爆炸是怎么回事?潜艇晃得特别厉害,我从铺位上

第十四章 首次航行

被震下去了。"

"我们也不知道。"汤姆语气沉重地说。

这个时候,在海岸站岗的守卫激动地跑了过来。

"快来!"他喊道,"有人在海里喊救命。"

三人马上向他指的地方跑去。

"我敢肯定这人是我派到小船上站岗的那个。"汤姆说,"爆炸可能把他震飞了。"

那人在水中拼命地挣扎并喊叫着。汤姆和巴德跳进海中,没用几分钟就游到那个守卫身边,他的头还在海里上下浮动着。

"我来把他拖上去。"巴德说着,胳膊用力划着把那人拽到了岸上。

两人把他扶到海浪打不着的地方,在旁边等着,直到他能喘得上气来。

"发生什么了?"汤姆问他。

这个守卫回忆说,他当时发现一艘潜行的潜艇,就在他刚刚告诉汤姆要警惕的时候,爆炸声响起,他被气浪猛地弹出了小船。

"你看见是哪儿发生了爆炸吗?"巴德问道。

"看见了。"守卫指向海岸,"就在那儿。"

"我这就去看看。"巴德说道。

"我和你一起。"汤姆对他说,"把这小子送回活动房咱俩就去。"那守卫因刚刚在冰冷的海水里泡过,浑身发抖得像片叶子一样。

汤姆和巴德送那守卫回活动房,刚到房门口,正巧一辆警车停在了在他们面前。警察局长斯莱特和另一个警官走下车子,汤姆向他们介绍了自己和巴德。

警察局长很激动。"昨天接完你电话，我还想这边也许会出点小乱子。"他说，"但我没想到居然会发生爆炸！爆炸地点在哪儿？"

汤姆告诉他是在不远处的海岸那边，带他朝那儿走去。不一会儿，他们便来到一个狭窄的小溪口，这里长满了芦苇。汤姆向里面看去，发现岸上到处都是喷溅的黑泥浆。

"爆炸地点一定是这儿了！"他说着，随即注意到岸上有个裂开的地缝。

潮水涌上来时，地缝底部被灌满，只见一些弹片似的金属碎屑冲散开来。三人走近一些，看见有一块较大的金属片上刻有标志。巴德念道："A国海军鱼雷。"

"这简直太疯狂了！"他叫道，"咱们自己的海军朝咱们发射鱼雷！"

汤姆查看了那片金属，说："我敢说这绝不是海军发射的。是海盗想要射中潜艇，但打偏了！"

"可他们是怎么搞到军用鱼雷的？"巴德问道。

"海军演习的时候丢了很多鱼雷。"警察局长回答说。

"他们肯定是想毁了潜艇。"巴德说："那些鱼雷值十多万元，要找到遗失的鱼雷，概率岂不是很小。"

"有些找到了，但都没有弹头。"警察局长说道。

汤姆觉得，那个海盗科学家既然能发明把人击昏的射线，那他或许也能为那些没弹头的鱼雷制造炸药包。

一行人回到活动房，局长立即给海岸警卫队打了个电话。几

分钟的通话结束后,他告诉两个小伙子:警方将派一个装有雷达的摩托艇巡视这片地方。

"一旦那个潜艇露出水面,摩托艇就能发现。"局长说道。

斯莱特主动提出要留在斯蒂尔曼码头帮他们看守这个地方。汤姆谢过他的好意,但他觉得敌人今晚应该不敢再袭击他们了。

"一旦出了什么问题,我们会尽快通知你的。"汤姆补充道。

"好。我们随叫随到。"斯莱特说完,便和另一个警官开车走了。

工人们都催促汤姆和巴德去睡一觉,但他俩发现根本睡不着。两人一整晚都在床上翻来覆去,直到天亮。最后,汤姆终于起身,急匆匆赶到潜艇那边,巴德正在潜艇旁不安地来回走着。

"巴德。"汤姆走上前去说,"我有个主意。假设昨晚是海盗的潜艇开的火,而且他们的不是喷气式潜艇。那咱们就能轻松地赶在它之前到达猎犬岛——在那儿等它!"

"这主意太棒了!"巴德同意道,"什么时候出发?"

"一小时之内。"汤姆回答说,"对了,我还绘了幅航线图,按上面走能直接去浪花云号沉没的大致地点。"

"为什么要去那儿?"巴德问道。

"我想证实一下沉船的事儿就是海盗干的。我给南北大西洋轮船公司打电话的时候,他们的货运主管说船上的铀当时放在四号货舱。"

"船体中部?"

"是的。"

乔为他俩做好了早餐。他们吃饭的时候,电话响了,乔接起了电话。

"找你的，汤姆。"他说。

是斯莱特局长打来的。他告诉汤姆说："我从警方的电传打字机上看到一些新消息。"

"什么消息？"汤姆问道。

"前天，有个叫丹西特的家伙在这儿附近的小镇上被捕了，因为超速驾驶。"斯莱特说道，"他开的那辆车的车主是车里另一个人，那人叫乔治·詹尼格，是一个律师。我们接到你的电话，就通知了其他警察局。"

"丹西特现在在哪儿？"汤姆激动地问道。

"我不知道。但我可以告诉你之后的事。那天，他和詹尼格交完罚款就被放走了。但今天凌晨四点，有人发现他们把车遗弃在靠南边的海岸上，人却不见了。"

"所以，你认为他们可能被潜艇接走了？"汤姆的心怦怦地跳着。

"正是！"斯莱特回答说，"我们正在全力搜索他们的位置，车子附近也派了人监视，一旦他们回到车子那儿，就会立刻被抓捕拘留。"

汤姆挂了电话。过了一会儿，他又打了个长途电话，让话务员帮他接到华盛顿的霍普金斯上将那里。

为了防止被人监听，汤姆对通话做了尽可能周全的防护。他把过去几小时内发生的事告诉了上将，还说自己想去那个可疑的岛上看看。

"如果您能派巡逻队到离那儿远一些的地方护卫，我会非常感谢。"汤姆对他说，"但也得离我近些，以便我需要帮助的时

候呼叫他们。我要营救我叔叔奈德·牛顿,不想被海盗发现。"

"好。我会按你说的安排。"上将说道,"祝你好运,汤姆!"

半小时后,汤姆和巴德做好出发的准备。他们迅速赶到了潜艇那边,让他们惊讶的是,乔居然为潜艇安排了一场命名仪式。他站在那儿,脸上带着灿烂的笑容,手里还拿着一瓶姜汁汽水。

"这艘小潜艇有名字了。"他说道,"海底飞镖,怎么样,汤姆?这潜艇快得像支箭一样,要是放在射击场,我敢打赌它每次都能正中'靶心'。"

"很酷的名字。"汤姆说。

其他人也觉得这名字很酷。乔把盛有汽水的瓶子递给汤姆,但年轻的发明家只是笑了笑,又把瓶子递了回去:"你来主持命名吧,乔。"

于是,汤姆和巴德向众人挥手致意,然后登上了潜艇,而厨子乔则一脸自豪地站到旁边。巴德从舱口下到控制室。拴潜艇的绳子被解开,潜艇准备好即将开始它的首次航行。

"我命名你为海底飞镖。"乔用敬畏的语气低声说着,然后在潜艇尾端把瓶子敲破。

众人鼓起掌来。汉克·斯特林喊道:"祝你成功,汤姆!去把那些海盗揪出来!"

潜艇当即显示出它过人的速度,轻松地疾速从码头入口处驶了出去。在海中前行了1.6千米之后,汤姆觉得不能再等了,他说:"巴德,咱们要让它潜下去开启第一次水下航行吗?"

"完全同意!"巴德大笑,他走到潜艇透明的前端,以鱼眼的角度观察它下潜的程度。当潜艇开始下潜时,他大叫道:"太棒了,汤姆!海面阳光那么充足,我都能看见前方的路!"

有那么几分钟,巴德一直站在那儿,痴迷地看着海中一群群鲭鱼、蓝色小鱼还有其他鱼群。海底飞镖路过它们身边时,只见鱼群在黄绿色的海水里快速游走。

"我打算立刻让潜艇高速行进!"汤姆说着。巴德快步走到船中部和朋友站在一起。

镉棒快速放开,潜艇便立刻飞速向前驶去。汤姆的手慢慢向前推着第二排镉棒。海底飞镖越来越快,在稳定加速中展示出非凡的实力。

计速器上的指针越来越高。最终,巴德欢呼道:"这速度几乎是过去所有潜艇的两倍了!"

汤姆的脸上也露出了灿烂的笑容。

保持现有速度航行了十五分钟之后,他说:"现在,最重要的考验来了。它已经通过下潜和水下航行的考验,但它要怎么浮出水面呢?"

汤姆缓缓推动转动装置到"上行"挡,接着,一丝紧张又期待的神色浮现在两人脸上。

第十五章 海底火焰

潜艇对这位年轻船长的操控立即做出反应,似乎毫不费力地就向海面滑行而去,和下潜时一样平稳。

"太不可思议了!"巴德兴奋地自言自语,"我都迫不及待地想让它潜到深海,去到那些从未有人去过的地方。"

"是啊。"汤姆回应道,"我甚至想要去解开幻影海底的谜团。"

巴德挠挠头,正要问汤姆幻影海底是什么,就听这个年轻的发明家继续说道:"但首先咱们得找到浪花云的位置。"

"同意,船长。"巴德答应道。

"咱们正朝你图表上的X标志径直行驶,应该用不了多久就到了。"

海底飞镖在略低于海平面的水下疾行,汤姆终于能抽出时间向同伴巴德解释一些事情,这些事他之前从未提过。

"咱们的潜艇已经拥有巴顿深海探测球的所有功能。"他说,"1934年,毕比首次用深海探测球下潜到900米的深海。1949年,巴顿用深海球形潜水器下潜到1.3千米,咱们正是应用了它的工作原理。"

"但它们都不是潜艇啊。"巴德说。

汤姆笑了:"对。但即便咱们的任务更艰难,咱们还是要往更深处下潜！"

"我有点理解不了了。"巴德开玩笑说。然后他又补充道，"前方那个奇怪模样的装置是干什么用的，汤姆？"

"抱歉，我现在没时间给你解释，老人家。"汤姆回答道，"那是我爸爸一个朋友的，他是个海洋学家，让我帮忙为他研究的领域做些试验。"

"听起来很高深的样子。"巴德说。

"一点都不高深。他们只是一群寻求真相的顽固科学家，而我打算扔给他们一堆真相。"

"不顺道夹带点生蚝吗？"

"再乱说话我就把你塞到生蚝壳里。"汤姆说，"但是说正经的，你看到的那个金属盒子是个深海照相机，它边上的古怪装置和安装在潜艇外壳的吸网相连。"

"吸网？"巴德一脸怀疑地表情，"我还以为是进气口呢。"

"在某种程度上是的。"汤姆解释道，"我想用吸网捕一些深海鱼，这些鱼类游得太快，科学家们那些慢吞吞的移动网总是捕不到。"

"你是要把它们吸进来？"巴德问道。

"正是。"

巴德使劲地点点头，咧开嘴笑了。"这就是和天才交朋友的收获。"他说，"那是什么，枪吗？"

"不是真枪。"汤姆回答说。他提醒巴德，斯威夫特家的人从来都反对在航海器、飞行器上装备武器，他们更倾向于用策略打败敌人，而不是靠血战。

"那是个电子震荡射线枪。"汤姆笑着解释道，"它只在水下工作，用来射杀食肉性海底生物。"

第十五章 海底火焰

"在水面上不起作用吗?"

"是的,出了水面,它伤不了人类。"

海底飞镖一路朝着目的地潜行。巴德陷入了沉思,几分钟后,他说:"我曾听说深海乌贼能攻击六吨的鲸鱼。真庆幸咱们有这个振荡器。"

汤姆笑着瞥了他一眼:"那你知道乌贼也和潜艇一样是喷气驱动的吗?"

"不知道。我从来没见过乌贼,我和它不是一个兄弟会的。"巴德大笑道。

"嗯,乌贼通过虹吸管快速喷出水流,虹吸管就像方向舵一样。"汤姆解释说,"这样乌贼就能十分迅速地游走躲闪开。"

"真是战斗好手。"巴德说,"好吧,船长,我们差不多到目的地了。"

他递给汤姆一个图表,刚才汤姆对着它研究了好几分钟。

"浪花云就在274米下的一个岩架上。如果这次海洋测量准确的话,我们就能准确无误地找到浪花云了。"

汤姆打开一个特别亮的海底探照灯,让海底飞镖减速,慢慢向下方沉船的地点潜去。

"往前走,注意周围。"汤姆指挥巴德,"一旦看到什么就告诉我。"

巴德挤着身子走在通向潜艇前端的狭窄通道上。探照灯强烈的光芒穿透了海底的黑暗,他顺着灯光向外看去,看到了五颜六色的鱼群和形状奇怪的海底植物。

突然,在灯光能照到的地方,他隐隐约约看见一艘船的影子。

"等等，汤姆！前方有东西。"

汤姆立刻来到他身旁。

"我想那就是浪花云了。"汤姆调整了一下探照灯的方向，问道，"你能看清船头的标志吗？"

"就是我们要找的船。"巴德兴奋地欢呼。他拼出了船头的名字，"导航非常成功，水手。"

汤姆调转潜艇，让它离浪花云更近些。

"你来开潜艇，可以吗？"他问巴德，"我要乘'小胖子'去查看一下船的残骸。如果那些铀真的不见了，那么很多问题也就有答案了。"

汤姆钻进逃生舱，然后操纵"小胖子"走进压力舱。潜艇一侧的滑板放下后，他走出潜艇，踏上了海底地面。

他屏住呼吸，想看看深海环境对"小胖子"有什么影响。年轻的发明家发现没什么明显的变化后，如释重负地松了口气，走向那只暗黑色的沉船。

浪花云是船尾先撞上海底的，汤姆在竖立的船头下方走着。他打开声呐电话，跟巴德说着这里的情况。

"左舷似乎没有损坏。"他说，"我去右舷看看。"

"好的。"巴德回应道，"我会让海底飞镖在你后面跟着。"

汤姆走到船头下方，他身前的海底探照灯像一根固体的发光棍一样发着强光。到了船的另一侧，他很有技巧地让灯光覆盖了整个船体。走到船体中间，他发现了一个边缘呈锯齿状的大洞。

"就是这儿了！"汤姆欢呼道，"这儿有个大缺口，足够一辆卡车通过了。"

第十五章 海底火焰

汤姆转过头,看见巴德正通过潜艇透明的前端向这边望来。

"哇哦,是被鱼雷直接击中的!"巴德惊呼。

"我不这么认为。"汤姆说道,他近距离查看那块被撕开的铁皮,"冲击力是从内向外而不是从外向内的。如果是海盗干的,他们可能劫完船只后在船里安了颗炸弹。"

"你说那些铀存放在哪儿来着?"

"四号货舱,船体中部。"汤姆回答说,"我这就去那儿看看。你过来把我的切割装置放出来好吗?我要切出一条路来。"

汤姆一路穿过海底地面,来到他认为存放铀的地方。潜艇一直在后面跟着他。这时,潜艇一侧的一个小门滑开,露出一个氧氢切割机。汤姆操控"小胖子"的伸缩臂抓住那个三重管。

"谢了,伙计。待会儿要看到火花飞溅了。"

汤姆带着水下救捞工具来到船体一侧,调整了一下管口位置,便开始切割。只见火焰激烈地喷进船体铁皮,好像是在切割软软的松木一样。

气流通过其中一根管子源源不断地喷出,周围的海水被冲开,火焰迅速利落地完成了船体的切割。终于,汤姆切开了一个像车库门一般大小的长方形洞口,他站到一边,把火焰熄灭。

"看到木材了!"巴德大叫道,看着那块金属板从船体脱离,慢慢沉到海底地面上。

"我要看看那些铀是不是海盗要找的东西。"汤姆说道。

他把工具放到船的一侧,从切出的缺口踏了进去。正当巴德看着汤姆的身影消失在鬼魅的残骸里面时,突然,声呐电话里传来汤姆的大叫。

"巴德!救命!快!"

第十六章　海　怪

听到同伴的求救声,巴德吓得浑身的血液都冷掉了。

"汤姆!汤姆!出什么事了?"

没有回应。

巴德额头上瞬间冒出了冷汗。他现在身处海底,目前来看还是一个人;最好的朋友受困绝境,很有可能受了致命的重伤!不管是汤姆的生命还是潜艇——这个世界级的伟大发明——他都有责任保护!他必须要救汤姆。

"汤姆,坚持住。"巴德对着麦克风大喊,"尽力坚持住,我马上就来。"

巴德查看了下仪表盘,确定潜艇保持在停稳状态后,他钻进另一个"小胖子",急忙来到压力舱。之后,他走出潜艇,踏上了海底地面。

"小胖子"步伐很慢,巴德不得不以极慢的速度一点点靠近汤姆在船身切割开的那个缺口,他快要发狂了。但最后,他终于走到了那里。

"小胖子"内置探照灯的光束照进货舱。巴德向下看去,只见一个巨大的货箱下伸出"小胖子"的一只缩放臂!

他大概猜到了发生什么事。切割工具的外力搅动起货舱内

第十六章 海怪

的海水，让那货箱失去了平衡，正好在汤姆走进去的时候倒了下来，把他压倒在了地上。

巴德让机械臂伸展开，去推那个货箱，货箱轻微动了一下。

"汤姆，汤姆，能听见吗？"巴德对着麦克风喊道。

仍然没有回音。巴德拼命地想要移动这个货箱，不然可能会使他的朋友丧命。但没有成功。

他脑子里现在一团乱麻，不禁想着如果汤姆来解决这个问题，他会怎么做呢？

"汤姆会怎么做呢？"巴德不断重复着这句话。

忽然间，他心生一计。他转身走出货舱，到船身一侧捡起切割机，又折了回去。他调整了一下管口位置，在货箱底部切了个小洞。之后，他关掉机器，开始向箱子里注射空气。货箱果然升起了2厘米！

巴德立即用"小胖子"的肩部抵住箱子，然后，他熟练地操作着，终于挪开了压住汤姆的大箱子。

这时，巴德听到了一生中最为期待的声音——一声快要窒息的喘息从麦克风里传了出来。

汤姆还活着！

巴德操控机械臂把汤姆的"小胖子"带回潜艇。一进入潜艇内外壳之间的压力舱，巴德就把压力调节均衡，然后和汤姆一起跌跌撞撞地进入了主舱。

巴德迅速爬出自己的逃生舱，又去帮汤姆，完成这些仅仅用了一小会儿。汤姆——年轻的发明家终于松了口气，笑了。

"哇！那货箱当时离我太近了。"他说，"幸亏你来救我。我的信号发射器被撞掉了。"

"看起来就像老戴维·琼斯不欢迎入侵者一样。"巴德挤出一个笑容。

"我进货舱的时候那箱子真把我敲晕了。"汤姆说,"但咱们最好再回去看看。"

"现在?"

"咱们已经浪费不少时间了。"汤姆说。

"我想,这次我最好和你一起。"巴德对他说。

"好,那走吧。"

汤姆快速检查了一下他的"小胖子",发现除了信号发射器以外,其他一切正常。他俩很快修好了发射器。

没多久,俩人又踏上海底,很快便进了那个货舱。他们在里面四处摸索了一阵,终于找到了储存铀的箱子。汤姆只看了一眼,就知道这箱子遭过枪击。

"我一点都不怀疑。"汤姆说,"海盗是这件事的始作俑者。船上的铀非常多,在船员醒来之前全部搬走是很困难的。"

巴德补充道:"而且,海盗觉得有必要杀死船员,让船爆炸来销毁证据。啊,太可怕了。我们出去吧。"然后,巴德又想了一下说:"那些船员呢?我们要找找他们吗?"

"海洋生命已经仁慈地把他们'照顾'好了。"汤姆静静地说道,"太不幸了。"

回到潜艇,两人从食品柜里拿出午餐,想用食物让自己振作起来。汤姆喝完一杯热巧克力,说:"咱们现在位于拉扎尔峡谷西侧80千米处。峡谷距海平面有1.2千米深。"

巴德嚼着三明治。"明白了。"他说,"咱们的深海小潜艇

第十六章　海怪

正想往那儿去。"

汤姆咧开嘴笑着说："你又开始当预言家了,伙计。我只是在想,那个峡谷或许是弄清幻影海底问题的好位置。"

"你之前提到过这个。"巴德说:"听起来就像能穿越到世界另一面的东西一样。那到底是什么?"

汤姆大笑起来。"嗯,你之前就问过。是这样的——有那么几年,潜艇在下潜到真正的海底之前,其回声探测仪探测深海声波时经常探到一个虚假海底,虚假海底就是处于真正海底和海平面之间的一大团物质。"

"这团物质是由什么构成的呢?"

"有的科学家说是鱼。"汤姆解释道,"有的说是虾,还有人说是乌贼。我支持'乌贼'这一说。"

巴德一脸困惑,但又很感兴趣地问道:"为什么?"

"因为幻影海底的位置能移动,一天当中能漂移90米~540米,甚至更多。"汤姆说。

"所以呢?"

"跟鱼和虾相比,乌贼更有能力做这样的移动。"汤姆回答说,"水压变化对它们影响不大。"

"我明白了。"巴德说。

汤姆继续说道:"有这个潜艇,咱们就能潜到任何地方,自己去找答案。"

"你是说先花点时间研究鱼群,然后再研究虾群,最后去造访你的最爱——乌贼!"

汤姆笑了,揶揄地说道:"找出到底是哪种生物。"

巴德叹口气说:"好吧,我和你一起。"

俩人在控制室就位，不久，海底飞镖就沿海底大陆架边缘的陡坡向下潜去。

"我想，我得用回声探测仪探探咱们目前的深度。"汤姆说道。

他打开开关，很快探测仪就测到两个奇特的光图。

"老天，这是怎么回事？"巴德大叫道。

汤姆挠挠头。"有一个肯定是咱们目前深度的标志——600米。"他激动地大叫，"那什么，巴德，相信另一个一定是幻影海底！快把水下电视设备伸出去，看看屏幕上会显示什么。这样咱们特写镜头和全景都能看到。"

"非常乐意效劳，好莱坞先生。"巴德说着，走进潜艇的最前端，调整好水下照相机的位置。

控制室的门一直开着，汤姆能看到巴德操作的整个过程。海底飞镖在漆黑的深海里慢慢潜行着。

"真希望能看到会发光的乌贼。"汤姆说着，关掉了潜艇的灯光。

就在他说这话的时候，前方黑漆漆的深海里突然出现一些红黄相间、形状规则的小光点。渐渐地，这一排排的小光点移动到了四面八方。巴德赶紧打开电视和摄影机设备。

"看那些乌贼！"巴德大叫，"好多啊。"

汤姆启动吸网，想要捕一些回去当样本。与此同时，探照灯也被打开，又有很多照片拍了下来。

"我想这些就够了。"汤姆说，"现在咱们跟着这些乌贼，看它们会去哪里。"

没过多久，那群乌贼就像电梯一样开始向更深的地方集体下潜。潜艇跟在后面也潜了下去。

第十六章 海怪

"嘿，小心！"巴德喊道，"咱们正在潜入一个峡谷！"

他看见那里的火山石石坡经过成百上千年的海浪打磨，已变得光滑无比。

汤姆专注地看着仪表盘，说："咱们离谷底差不多还有一半路程！"

当前的境况让两个小伙子都陷入沉默——他们正做着人类从未做到过的事情。过了一会儿，汤姆言简意赅地说道："巴德，我们到谷底了。"

"乌贼被我们甩在了后面。"巴德说，"我要关掉探照灯，看看会发生什么。"

俩人向外看去。突然间，他们看见潜艇前方有个散发着强光的巨大光带正不断挥舞着。

"打开探照灯！"汤姆大叫道。

巴德开灯后，巨大的光带消失了。但是，在探照灯的强光照射下，他们看到了可怕的景象：一个有12米长的触角的巨型乌贼正扭动着向他们靠近！

"是个巨型乌贼！"汤姆喊道。

"个头都赶上潜艇了。"巴德痛苦地呻吟道，"看它的眼睛！大得像桶盖一样，咱们最好射击它！"

有那么短暂的一瞬，汤姆沉思了一下。"我不想毁掉这个生物。"他说："我想，咱们就给它让路吧。"

"你可真是个好人，汤姆。"巴德说道，声音里带着恐惧，"可你对动物的热爱未免有点过分了吧。"

汤姆用指尖轻触控制板上的按钮，潜艇在下一秒向前开去。

"我想这样可以吓吓它。"汤姆酷酷地说道，但他却没想到，这样做会引发一场冲突。只见那乌贼以闪电般的速度袭来，触角狠狠打上了潜艇头部。一阵剧烈的晃动之后，两人都被甩到了地上。

"它要硬闯！"乌贼的触角舞动着向潜艇头部包围过来时，巴德大叫。

"我来射击！"汤姆喊道。

他冲到仪表盘旁边，按下标有"振子射线枪"的按钮。

没有反应！

汤姆流露出绝望的神情。

第十七章　夺命海草

看到振子射线枪没能成功发射,巴德绝望地哼了一声。汤姆再一次按下发射按钮——仍然没有反应。

这个时候,大乌贼蠕动的触角正缩紧对潜艇的包围。汤姆不断期盼着,希望这个可怕的生物不会压碎潜艇外壳,但是,控制装置还是有被损坏的危险!

突然,汤姆大叫出声:"巴德,我怎么能这么蠢,枪的保险扣还没摘下来!"

他手脚麻利地迅速地解开保险扣,然后再一次按下发射按钮。

呜隆隆!

振子枪终于发射了出去,潜艇也在反冲力的作用下颤抖起来。大乌贼变成了颤抖的一团,紧接着被冲散成上千块零散的碎片。

"太刺激了!好棒的表演!"当大乌贼的残骸从潜艇外壳上滑落时,巴德大叫道。

"或许这只乌贼和咱们即将在外太空看到的东西相比,根本算不上什么。"汤姆说。

"在幻想未来的火箭旅行吧,嗯?"巴德笑道,"嗯,你可以加我一个,什么太空怪物还有其他稀奇古怪的东西都不是问题!"

第十七章 夺命海草

汤姆笑了。他转动控制杆,原子能发动机马上释放出能量,潜艇从谷底升了上去。从峡谷出来没多久,巴德就看到了海洋植物的影子。

"我们要采集一些海草做样本吗?"他问汤姆。

汤姆点点头,随即启动吸网去捕海草。这个时候,巴德注意到前方有一大片茂密的海草。

"哇哦!就像森林一样!"他喊道,"你觉得咱们能穿过去吗,汤姆?"

"应该不费劲。"汤姆船长回答说,"我会让它加把劲儿的。"

海底飞镖深深没入浓密的海草中。起初,潜艇还能利落地越过障碍,但突然间,它停住不动了。

"汤姆,发生什么事了?"巴德喊道,他的身子突然向前倾斜。

发动机仍在运行,可潜艇却丝毫没有移动。

"我们动不了了。"汤姆喊道。

俩人赶忙来到船尾,汤姆挪开喷水装置的金属外壳。顿时,他的脸上浮现出一丝慌张的神情。

"难怪,巴德!"他惊呼道,"咱们蒸气室里没有水了!进气道也被海草堵住了,挡板还不足以把海草挡在外面。"

"天哪,咱们真的遇上麻烦了。"巴德慢慢说道。

"要是再不快点补救,还会更糟!"汤姆喊道,他急得团团转,"看那个热力计,如果不赶紧中止原子反应,蒸汽室会爆炸的!"

汤姆冲到控制室,转动控制杆让原子反应暂停下来。

巴德跟了过来,苍白的脸上带着焦急的神情:"我们怎么清理堵塞住的进气道,好让潜艇继续前进,汤姆?"

"我也不确定。"汤姆很慢地回答说。

"你总会有办法的,对吧?"巴德担忧地问道。

"让我想想。"汤姆回答说。

俩人一同去检查进气道,发现它们都被湿漉漉的绿色植物堵住了。

汤姆摸着头发说:"你也看见了,巴德。一个发明家碰到的是什么样的困难。咱们的原子发动机的确足够强大,能推动潜艇穿过这群植物,但如果缺少一样东西——海水——潜艇还是无法工作。"

沉思了几分钟后,汤姆终于打了个响指,说:"要逃生只有两种可能,巴德。"

"说吧,教授。"巴德语气沉重地说。

"第一,咱们可以把沉浮箱充满气,然后从海草丛里浮上去。但这样做会耗掉咱们大部分氧气。"

"这会相当危险。"巴德分析道。

"对。还有第二种方法,进气道有足够的渗液,一会儿就能把水箱填满。咱们可以等到那个时候,然后开启发动机,让水箱爆炸产生推动力。"

巴德笑了。"只要头上的异物不太多,我们就能冲过去。"

"正是。"

"我也有个主意。"巴德说,"如果之前的方法都行不通,咱们可以进入逃生舱,穿越这些海草直到到达海面。"

第十七章 夺命海草

"这办法好。"汤姆说,"但别忘了,如果这样的话,我们就会孤零零漂在海上,而且离陆地很远。万一咱们在看到救援船之前被丹西特的潜艇先发现该怎么办?"

"我想你是对的,汤姆。"巴德表示同意,随即又皱起了眉头,"咱们还是等海水渗液填满水箱吧。"

汤姆示意巴德跟着他,两人来到靠近潜艇最前端的地方,汤姆俯身趴在地上,扭动着身子钻过通向右舷进气道的狭小通道。

"水正在往下滴。"汤姆喊道,"一小时之内水箱应该就满了。"

为了打发时间,巴德拿出一副纸牌来变了几个戏法。但汤姆却坐立难安,他焦急地看着海水慢慢灌满水箱。最终,在又观察了几次之后,他大叫起来:"好了,巴德,咱们可以行动了。"

这个年轻的发明家反复检查了水箱,然后进入控制室,坐到控制板前。他向巴德喊道:"戴好头垫,伙计。冲击力会很猛的。"

"像水下火箭一样吗,嗯?"

汤姆转动控制杆,原子反应堆开始工作了。随着一阵巨大的嘶嘶声,灌入箱内的水被转化成蒸汽,涡轮机叶片高速转动,将海水不断地从潜艇尾部排出。突然间,潜艇一个倾斜,嗖的一声向前方奔去。

"汤姆,咱们成功了!"巴德大喊着。海底飞镖扫清了海草的障碍,往更高处上升,终于驶进一片清澈的海域。

"我想,现在可以往沉浮箱里注入些空气了。"汤姆说。

"好的,船长。"

不过几秒钟时间,潜艇就因空气的注入开始上浮。当它终于露出水面时,巴德敞开了头顶的舱门。

"哦,蓝天太美了!"他欢呼道。

"你没时间做白日梦。"汤姆说,"如果咱们不抓紧时间,海盗会抢在咱们之前到猎犬岛。得赶紧把进气道清理干净。"

汤姆打开一个箱子,拿出两副潜水镜和潜水鳍。俩人快速穿上泳裤,套上潜水鳍,调整了一下潜水镜,潜入了水里。他们都是潜水高手,不到十分钟就把进气道里的海草清理干净了。

刚回潜艇休息了一会儿,汤姆就又开启了发动机。他把潜艇下潜到潜望镜深度,再一次朝猎犬岛驶去。

不到一个小时,夜幕便悄然降临到海上。巴德自娱自乐,用他们能收到各种信号的强大无线电设备把频道调来调去,收听各种节目。

"留心听听家里来的消息行吗,巴德?"汤姆说,"别忘了信号会被扰乱,但咱们可以用解码机来读取。"

接下来的半个小时,巴德收到几条乱码消息,但当他输入解码机的时候,发现那并不是斯威夫特家的专用密码。

"咱们换换位置吧,汤姆。"巴德说,"我在这儿监听消息都听烦了。"

"好吧。"

于是,巴德坐到驾驶室去开潜艇,而汤姆过来在无线电接收器前接替了他的位置。巴德在一旁讲着他最喜欢的篮球联赛,就在这时,汤姆突然举起手来示意他安静。

"附近有个很微弱的信号。"他说:"听!"

巴德把发动机的速度降低,减小船体振动,汤姆则把收到的消息输入解码机。起初,俩人没能破译密码,因为信号非常微弱，就像低声耳语一样。

"信号增强器开到最高了吗？"汤姆问道。

巴德查看了一下："没有，我再调高些。"

辨音器里传出的声音稍稍清晰了些。

"天哪！"巴德叫道，"这听起来像奈德叔叔的声音。"

"没错！"

那声音不断地在重复，他俩聚精会神地听着，只听那微弱的声音说："海盗要阻截福斯特的游艇。立刻提醒他们！"

"福斯特的游艇！"巴德惊呼道，"你爸爸有危险了！"

第十八章　遭遇绑架

奈德·牛顿的声音仍在继续，但越来越微弱。

"'狗'计划要绑架——"声音到这儿就消失了。

这个消息让巴德和汤姆惊呆了。难道海盗想要绑架斯威夫特先生还有其他在樱草花号上的人？俩人决定立即采取措施！可正当他们开始想计策的时候，那声音又出现了，但这一次更加微弱。

"从迈阿密出发三小时了。"奈德·牛顿说道。他不断重复着这句话，之后，便听不到这位海盗阶下囚的声音了。

"如果咱们敢用无线电联系奈德叔叔。"巴德说，"他会更详细地告诉咱们海盗的计划。"

汤姆沉思了一会儿，他想要联系奈德，起码要让他知道他俩就在附近，而且收到了他示警的消息。但是，很快他就放弃了这个想法，他决定遵照奈德当初的意愿不去联系他，因为没有必要惹怒海盗去报复奈德。

巴德仿佛看出了汤姆内心的纠结，把手搭上伙伴的肩膀："咱们总得阻止那帮家伙！"

汤姆点点头，看了看墙上那幅大地图，说："说的没错，巴德，咱们必须先找到樱草花号！"

巴德指了指地图上的一块区域，说："三小时前前往猎犬岛，

那福斯特的游艇应该到这儿了,不是吗?"

汤姆有些犹豫:"实际上,咱们都不知道他们走的是哪个方向。我爸爸可能想从较远的地方出发,沿北面或南面的路线接近岛屿。但咱们先试试最近的路线吧。"

这个时候,潜艇浮出了海面,汤姆加快了前进速度。

"这个小宝贝真是要把海面给撕裂了!"巴德看着计程仪说道。

不到一小时,俩人就到了樱草花号预计会到达的海域。此时巴德站在方向盘旁,汤姆在雷达示波器旁边,俩人正交错着查看周围的海域,进入雷达波束范围内的船只他们都逐一做了记录。

此时,一艘靠近码头的货船、几艘商业渔船和一艘小型巡航舰闯进了他们的视野。每艘船只都经过了潜艇仪器的仔细勘察,俩人发现这里面没有樱草花号。

时间一分一秒地过去,汤姆的脸上露出担忧的神情,他说:"我不想这样说,巴德,但恐怕海盗已抢在咱们之前找到樱草花号了。"

"如果那样的话。"巴德说,"那他们现在应该在去猎犬岛的路上。走!"

"有道理。"汤姆同意道,"我们走。"

为防止被海盗发现,汤姆让潜艇下潜到潜望镜深度,同时减慢速度,以防错过任何一艘过往的船只。海面上驶过几艘大吨位客轮,可游艇的身影还是没有出现。

"樱草花号这段时间内能走的航程咱们都快走到头了。"汤姆说,"或许咱们应该试试另一个方向。"

巴德担忧地看了眼雷达示波器。就在汤姆正要打方向盘转向时,巴德突然大叫起来:"快看屏幕!那可能是樱草花号,汤姆!"

"不管那是什么船,它怎么停在那儿不动呢。"汤姆说,"咱们最好查清楚。"

"十有八九是樱草花号!"巴德欢呼道。

"准备浮出水面!"汤姆指示道。

不一会儿,海底飞镖就在夜色下浮出了海面,汤姆和巴德穿过安全门,从潜艇里探出身来。只见夜空里星光闪耀,细长的云彩散落天边。借着明亮的月光,他们看见一艘游艇正静静地停在海面上。

"船上一点灯光都没有!"巴德惊呼道,"这太奇怪了!"

汤姆把望远镜对准游艇,看了一会儿,说:"是樱草花号!但甲板上没有人。"他把手拢在嘴边喊道:"有人吗,有人吗?樱草花号!"

没有回音。

俩人顿时害怕起来。樱草花号一定是遭遇袭击后被遗弃在这儿了。海盗已经袭击了它!

汤姆首先恢复了镇定,说:"咱们登上船,看会不会有什么发现。"

正当他让潜艇下潜去靠近那个游艇时,海面上突然传来子弹射入水中的声音。

"快躲开!"汤姆大喊。

巴德迅速躲到逃生舱钢铁外壳的后面,白色的浪花在他周围溅起。

汤姆小心翼翼地朝外望去,说:"甲板上有人——很可能就是海盗!"

又一波子弹打在裹有托马塞特的控制塔外壳上。

第十八章　遭遇绑架

突然间,汤姆意识到,这或许是樱草花号上的船员在开枪,他把他们当成敌人了。

"我很快就会搞清楚。"他下定决心。

汤姆把他的圆领短袖撕成碎布条,抓在手里不停地在空中挥动。潜艇和游艇越靠越近,汤姆知道游艇甲板上的人应该能听见他的喊声了。

"不要射击!"他喊道,"我们是朋友,是来帮助你们的。"

枪击声停住了。不一会儿,一个人影出现在船舷处。

"你们是谁?想干什么?"一个男人狐疑地问道。

"我们是汤姆·斯威夫特和巴德·巴克利。"汤姆喊道。

刚报完姓名,游艇上顿时又冒出了几个人。

"知道了。"那个人说,"我们会放下小船去接你们。"

"没关系。"汤姆说道,"我可以自己过去。"

说完他又钻进潜艇,很快将潜艇开到樱草花号旁边。用缆绳固定好之后,两人爬上软梯,来到了游艇的甲板上。一个又高又瘦的男人走上来和他们打招呼。

"我是佐治·怀特,樱草花号的船长。"他说着,其他船员也站在旁边。

汤姆也向他们打了招呼,然后在昏暗的光线里朝这人脸上扫了一眼。

"我爸爸和福斯特先生呢?"他焦急地问道。

船长犹豫了一下。

"发生什么事了?"巴德继续问。

怀特船长清了清嗓子,说:"他们被绑架了。"他声音有些颤抖地说。

"海盗干的吗?"汤姆问。

"对。"船长回答说。

"你说得对,汤姆,他们确实赶在咱们之前袭击了游艇。"

"我们以为你们是海盗的同伙,又折回来了。"船长解释道,"所以刚才向你们射击。我们当时以为海盗又在玩花样。"

"海盗是怎么袭击你们的?"巴德问道。他知道船上有畸变器,把人弄昏的射线不会起作用的。

"他们没用飞机,也没用潜艇。"船长说,"所以我们中了他们的圈套。"

他说:"海盗是乘一艘小汽艇过来的,他们的头儿冲我们喊,说遇到狂风,汽艇快没有燃料了,想让我们载他们去最近的港口。"

"我们就像傻瓜一样请他们上船了。"船长说完,难过地摇着头,"之后,我们就被敲晕,绑了起来。一小时之前我们给自己松了绑,发现游艇的海底旋塞被打开,无线电和发动机都不能用了。现在船都发动不起来。"

"可我爸爸和福斯特先生到底怎么了?"汤姆焦躁地问道,"海盗带他们去哪儿了?"

一个船员走上前来,说:"我无意间听到那些人说要带他们去诺斯伍德。"

"诺斯伍德?"巴德重复道。

那船员停顿了一会儿,好像在考虑要不要继续把坏消息告诉他们。

"嗯,接着说。"汤姆催促道。

那人看着甲板说:"那些海盗说会一直挟持他们,直到——直到两个叫丹西特和奇尔科特的人完成一项特殊任务,把小汤姆·斯威夫特赶出海!"

第十九章　穷追不舍

"把我赶出海?"汤姆叫道,"想都别想!"

"没错,伙计。"巴德笑着说,"但如果你爸爸真的被抓到诺斯伍德——"

"我就是听他们这么说的。"那船员坚持道。

汤姆看着巴德说:"我不相信他会在诺斯伍德。我猜海盗们是想故意迷惑我们,他和福斯特先生应该跟奈德叔叔一样,都被关在猎犬岛。我们得尽快赶到那儿。"

然而,从好友眼中的神情来看,汤姆看出巴德并不是很赞同他的想法,于是又补充说:"当然,咱们也不能冒任何风险。我会通知当局查找有关诺斯伍德的线索。"

汤姆爬下软梯,穿过海底飞镖的安全门又回到潜艇里。他用紧急通话装置向企业集团工厂发出无线电呼叫。等了好长一会儿,汉森才接了电话,他是从家里被叫来的。

汤姆把爸爸和福斯特先生被绑架的消息告诉了汉森,还让他尽可能拖着不要让母亲和妹妹知道。

"我简直太震惊了,汤姆。你们家从来没遭遇过这样的事。丹西特和他同伙很清楚什么才能戳中你的痛处——就是你爸爸。"

汤姆也不得不承认他的话。之后他告诉了汉森有关诺斯伍德的事，让他查找海盗曾提起的这个地方的线索。

"我们不会放过任何一个角落。"汉森答应道，"我会通知警方搜索那个地方，我和斯特林也会在黎明的时候驾驶'蓝天女王'到海上搜查，看能不能发现什么。"

临挂电话之前，汤姆提到了关押在肖普顿的那个人，问他有没有招供。

"没有。"汉森回答说："一个字都没招。"

汤姆挂了电话又赶回游艇的甲板。两个船员告诉他，巴德跟船长去游艇下层修理被海盗弄坏的仪器去了。于是，汤姆也沿铁质楼梯下到游艇的发动机舱帮他们一起修。

"那些混蛋弄断了某个地方的电线。"巴德说，"现在还没找到在哪儿。"

汤姆有条不紊地检查了一遍电子系统，十五分钟后，他朝巴德吹了声口哨。

"在这儿，我找到了——仪表板后面有两条断开的线。"

修好电线之后，汤姆又帮忙修好了无线电通信设备。之后，他回到甲板去找怀特船长。

"汤姆。"船长说，"海盗还留下一条线索，你或许想知道。是和一个叫珍妮·皮特的女孩有关。当时有个海盗大笑着，然后对另一个低声说'我会很乐意见到她的'。"

巴德睁大了眼睛说："或许，他们想要采取大规模绑架行动。"

"我不认为这一次还是绑架。我有个预感，珍妮·皮特是

第十九章 穷追不舍

一艘船的名字,而且它会是海盗的下一个攻击目标。"他转头对怀特船长说,"船上有船舶登记表吗?"

船长说有,然后赶忙去了船舱,汤姆也跟了过去。他快速浏览着列表,最终,他的手指停在写着珍妮·皮特号的地方。这是一艘M国船只,来往于东大西洋各港口之间,它之前的航海行程都一并显示在表上。

"如果我们能在海盗攻击它之前找到它——"汤姆激动地说道。

"你是说要单枪匹马地去面对海盗!"巴德大叫出声。

"没有其他办法了。"汤姆说,"我们一分钟都不能浪费,巴德。快点吧!"

船长则苦口婆心地劝说俩小伙子不要离开。

"你们寡不敌众。"他坚持道,"那些海盗不费吹灰之力就能把你们逐出海——像他们之前威胁的那样。"

"我要抓住这个机会。"汤姆回答说,"用畸变器是唯一能阻止他们的办法。这是个跟踪他们找到藏身地并抓捕他们的绝佳机会。"

其他人也没再反驳。两个小伙子就这样跟他们告别,回到了潜艇。缆绳解开,两人驾驶潜艇向珍妮·皮特号所在的海域驶去。巴德接替汤姆去操作方向盘,汤姆则给肖普顿又发了一条消息,他让汉森向珍妮·皮特号所属轮船公司问清楚它目前的位置。

"我马上就去办。"汉森答应道,"向珍妮·皮特号发出严重警告也不一定有作用,那个能把人弄昏的机器可是极其可怕的。"

"我就是想要毁了那个东西。"汤姆说。

二十分钟后,汉森查到了珍妮·皮特号的消息。轮船公司提供了它在接下来半个小时可能到达海域的经纬度。

"太幸运了!"巴德大叫道,"咱们离珍妮·皮特号的距离已经近到可以朝它吹口哨了。"

汤姆紧紧地盯着声呐仪,只见一个明亮的光点出现在仪表盘上。

"我敢肯定这不是船只。"汤姆慢慢说道。

"会是海盗的潜艇吗?"巴德问,"但愿他们不会想来撞我们!"

"不能让他们得逞。"汤姆说,"那可能是一艘海军潜艇。我们很快就能知道了。"

"要尾随它吗?"巴德问道。

汤姆用实际行动回答了巴德。他调整了一下沉浮箱,让潜艇沉到水下,之后,两人密切注视着回声波设备。

"那个潜艇浮到水面上停住了。"巴德对汤姆说,"这个时候珍妮·皮特号不是该现身了吗?"

他话音刚落,回声波设备就检测到一艘船。巴德在航海图上标出它的位置,说:"离咱们右舷有3千米远。"

汤姆驾驶着海底飞镖猛转了个大弯,又让它下潜了38米,然后朝那艘不断行近的船驶去。

"咱们从船的下方越过去。"他说,"然后浮出海面,掩藏在船的身后。桥接器上的夜间雷达可以侦测到海盗的飞机,一旦飞机有什么动作,咱们就能用畸变器让他们的聚焦装置失灵。"

"我会在旁边帮你的,伙计。"巴德简短地回应道。

第十九章 穷追不舍

没过几分钟,声呐仪就显示出船正从潜艇上方越过。

"它发动机的轰鸣声都听得到。"汤姆兴奋地说着,随即让潜艇大幅度向上升去,并且调转方向跟在船的后面。他向船迅速地靠近,始终和船尾保持着200米左右的距离。随后,他上升到潜望镜高度,巴德打开了雷达。

他盯着屏幕,脸上的肌肉越来越紧张。突然间,他大叫:"有飞机!屏幕上显示出来了,汤姆!在咱们的二百九十度方向,距左侧1.6千米远。"

两人紧张地等待着,眼睛一刻不离地盯着屏幕上正往这边飞来的飞机。下一刻,飞机就朝珍妮·皮特号放出晕厥射线!

"等的就是这会儿!"汤姆边大叫边按下了畸变器的按钮!

第二十章 自食其果

就在海盗的飞机飞过他们头顶时,海底飞镖浮出了海面,并开始朝正接近珍妮·皮特号的那个潜艇射击。他行驶到船的左侧,通过扩音器向船上喊道:"喂!船上的人听得见吗?"

没有人回应。汤姆的心猛地一沉,难道畸变器没能起作用吗?但是过了一会儿,他的恐惧就烟消云散,因为他听见一个洪亮的声音回答他说:"我是琼斯船长,有什么需要帮忙的吗?"

"你们都还好吧?"汤姆大喊道。

"是啊,为什么会不好呢?"

汤姆向船长说明自己的身份,然后扼要地告诉了他事情原委。当船长得知他的船刚刚躲过一次海盗袭击时,他惊得目瞪口呆,他说:"我们还以为那个飞行员遇到了麻烦,才飞这么低的。"

"我想海盗会来抢占你们的船。"汤姆继续说着,他让潜艇和正颠簸的船之间保持一定距离,"你们随时都会——"

说到这儿他突然停住了。海盗的飞机正呼啸着向船的左舷飞来!

"他又来了!"汤姆向巴德大呼,并立即将畸变器对准声波传来的方向。

飞机逐渐靠近,汤姆猛地将畸变器转向上方,对准飞得越来越低的飞机。这时,船上突然传来一声大叫。汤姆意识到,畸变器对这种意料之外的后续攻击并不是百分之百起作用,他的额头上瞬间冒出了汗。连他自己的海底飞镖都有可能被海盗夺去——更不用说人被他们抓住了!

然而,让他大大松了一口气的是,他听见了琼斯船长从上方传来的声音:"你还在吗?"

"我还在,但咱们得赶紧采取行动。"汤姆回答道,"如果我想的没错,海盗会从一艘潜艇登上你们的船。"

"有几个海军陆战队的士兵和我们同行,就为了有冲突时好帮助我们。"船长告诉他,"任何海盗他们都不会放过!"

汤姆赶忙向他解释说那帮人的头儿是个非常聪明的科学家,寻常的武装防卫根本对付不了他们。

"那我们该怎么做,斯威夫特先生?"船长问道,声音里暴露出一丝绝望。

汤姆说:"我会让畸变器继续工作,帮你监视海盗潜艇。让你的人假装昏迷怎么样?然后等海盗在船上分散开来的时候,一个一个地解决他们。"

"交给我们了!"琼斯船长说。

"那个飞机又来了!"汤姆大叫,"飞行员肯定知道射线还没起作用。"

"这次一样起不了作用!"船长向汤姆保证说,之后按汤姆的建议对所有船员和那几个海军陆战队士兵吩咐了下去。

与此同时，汤姆让巴德把海底飞镖开到船的后面，这样他们就能密切注意敌人的一举一动。飞机再一次呼啸着飞近，这一次，它的高度非常低。这个时候，轮船的发动机忽然颤抖了一阵，停住了。船上的灯全部熄灭，周围一片寂静，船员和士兵的声音也听不见了。事实上，这样的寂静持续了很长时间，巴德担心地低声说道："可能这一次射线起作用了。"

汤姆也很紧张，他想知道船上到底发生了什么。潜艇右舷的雷达检测到海盗的潜艇正向轮船靠近。

"他们来了！"汤姆看见明亮的探照灯光突然照向长长的船体中央。而海底飞镖不在白色探照灯的探照范围内，很安全。

在光束的源头，汤姆看见有几个高大的人影站在一个巨大的潜艇上。其中一个开始发布命令。

"吉尔森！克罗地！登船！"

于是，有两个海盗（其中一个拿着一圈很重的绳子）从潜艇上纵身一跳，跳到了轮船左舷正在摇摆的软梯上，开始往船上爬。两人连枪套都没有解开，显然，他们非常自信地认为射线起了作用。

汤姆从舱口处跳下去，他打算看看甲板上会发生什么事情。他把潜望镜的高度调到最高，比平时的高度高了好几米。之后，他调整照相机去拍摄外面的景象，再把图片转到屏幕上。照片很清晰，辨识度也很高。

"快看！"他走近声音接收器，激动地朝巴德叫道。

走在前面的海盗刚到甲板，就朝后面的同伴喊道："这些家伙都昏过去了！"

第二十章 自食其果

他又爬下去，把另一个海盗拉上船来。之后，他们走向通往发动机舱的舱门。吉尔森走在前面，先一步踏上一个铁质平台，平台上有个梯子。

正当他要伸手抓住梯子扶手的时候，突然间，他的后脑勺被重重地一击，就见他头向前倾，倒在台子旁昏了过去。

紧跟在后面的克罗地也在这时候被一个体格健壮的船员一棍子敲在头上，这船员上一刻还脸朝下趴在地上"昏迷不醒"呢。

这时，又有两个船员赶过来，把两个昏迷的海盗拖到甲板上，用绳子绑住他们，然后藏到了一个箱子后面。

珍妮·皮特号仍然在波涛汹涌的海面上摇摆。这时，海盗的头儿叫着说："克罗地，另一个软梯在哪儿？把它从侧面放下来！动作快点，伙计，要在那些船员醒来之前完事儿！"

只见珍妮·皮特号上有人露出一双手，迅速放下一个软梯，那人的头却始终没有露出来。

"剩下的人赶紧上！"那个头目喊道，"你们难道想被抓住吗？"

于是，剩下的海盗开始两人一组爬那个梯子。当第一个爬上去的海盗在船舷边缘摇摆示意时，汤姆和巴德看见一只手臂伸过来要帮助他。

"好的，克罗地。"那海盗说："我想——"

话没说完，那只手突然像铁箍一样卡住他的喉咙，海盗就这样被弄晕拖走了。接下来每一个爬上软梯的海盗都得到了相同的"待遇"。

"看，那个头儿要自己上去了！"当那个海盗头领跟着剩下三个海盗一起爬上软梯时，汤姆叫道。

他们还没爬到甲板，汤姆就激动地对巴德说："你在这里守着，好吗？让摄像机一直开着。"

"你摄像了？"巴德狐疑地问道，"哇哦！这当证据简直太棒了！你要去哪儿？"

"去截获他们的潜艇还有他们真正的老大。"

"什么！"

"如果你能把咱们的潜艇开到他们旁边，我就能跳到他们甲板上。"

"那样太危险了。"

"我知道。"汤姆说，"但如果我能在潜艇里的人发现船上情况不对劲之前把他敲晕，他就跑不了了。"

"听起来就像基德船长当年的冒险一样！"巴德说，"好吧，开到他们潜艇旁的时候我会把速度降低到六节，然后在周围转一圈，十分钟后回来接你。"

巴德慢慢移动到敌方潜艇旁边，一路密切注视着敌人的情况。

汤姆走上潜艇甲板，紧张地等待时机。一个大浪拍上控制塔，几乎让海底飞镖的头部撞上海盗潜艇的尾端，但巴德一个巧妙地旋转，及时避开了碰撞。

时机来了。他们离海盗潜艇只有1.8米远了。一个幅度巨大的飞越之后，汤姆终于跳过了潜艇的栏杆，而他们的喷气式潜艇也随即消失在夜色里。

汤姆小心翼翼地向控制塔挪着。敞开的舱门处能看见一丝微弱的灯光，就在汤姆快要到达舱口的时候，他被灯光中出现的那张脸震惊到了。

第二十章　自食其果

悉尼·丹西特！汤姆还以为刚才是他在驾驶飞机攻击轮船呢！

片刻之后，丹西特也看到了汤姆，他非常吃惊，而后，这种吃惊很快转化成一股强烈的恨意。正当汤姆要扑向他的时候，他从舱口向下方喊话说："迅速下潜！沉入水中！"

汤姆还没挨到控制塔，丹西特就砰的一声关上舱门并上了锁。

汤姆就这样被困在了不断下沉的甲板上！

第二十一章　汤姆被困

不一会儿，海水就打着旋儿地涌上来，淹没了汤姆的脚，他紧紧抓住潜艇的护栏。他现在不敢就这样跳水，因为搅动的海水可能会把他卷入螺旋桨叶片中。

另一个残酷的事实也摆在他眼前。他现在离珍妮·皮特号很近，即使他跳进海里会安然无恙，巴德也不会知道那是他，他会把汤姆当成从船上下来的海盗，不会在海里找他。

突然，汤姆意识到丹西特停止下潜了。这又是什么原因呢？会是因为他想在整死汤姆之前好好折磨他吗？在他们之前的无数次交锋中，丹西特这一次可是占据了绝对优势。

汤姆绝望地向前望去，忽然间，他看到控制塔上有一个标志。是个魔鬼鱼！

"和这恶魔潜艇真是太般配了！"汤姆低声自语道。

他意识到，即使魔鬼鱼不是一艘喷气式潜艇，它也是可用于战争的，而且他似乎比目前任何军用潜艇的速度都快。难道这个尖头潜艇是奇尔科特的发明？

珍妮·皮特号上的灯光在远处变暗，他的潜艇也看不见了，但丹西特还是停在那儿没有继续下潜。汤姆想知道这是为什么。

突然间，他明白过来。脚下的潜艇转了个大弯向它来时的方向撤去，海底飞镖的身影慢慢在远处变得模糊，之后，魔鬼鱼径直朝海底飞镖驶过去，想要撞击它，而这对魔鬼鱼自身只会产生些小伤！

"巴德！巴德！小心啊！"汤姆大叫道，虽然他知道巴德听不见他痛苦的呐喊。

海底飞镖依然没有离开它原来的航道。丹西特的潜艇离它越来越近，汤姆紧紧盯着他引以为傲的发明，心里想着：难道他要和巴德就这样葬身海底了吗？

两艘潜艇的距离越来越近，汤姆已经不敢去看。然而，就在两艘潜艇快要撞上的时候，他听见一阵嗖嗖声，海底飞镖居然和魔鬼鱼擦肩而过！它是突然转了个弯，和魔鬼鱼拉开了几米的距离！

现在，汤姆明白巴德的想法了。他一直在等，在最后时刻把海底飞镖移开！丹西特愤怒了。没过一会儿，脚下的潜艇一个急转弯，差点把汤姆甩到海里去。但当魔鬼鱼正准备开始第二轮袭击时，海底飞镖迅速下潜，连潜望镜都看不到了。

可汤姆刚高兴了没一会儿，就见丹西特也开始下潜。海水没过了他的脚踝，然后是膝盖。

"我必须找个机会跳下去！"汤姆下定决心。

他爬上护栏，镇定了一会儿，然后幅度极大地向海中跳去，落水的地方刚好在魔鬼鱼的吸力之外。魔鬼鱼继续下潜，汤姆也用尽了浑身力气在水下游着。

当他再次浮出水面的时候，白色的海浪一浪接一浪地打来，他在海浪中沉浮，海水涌进了他的眼睛、鼻子和嘴里。他拼命朝珍妮·皮特号游去，可当他看见珍妮·皮特号往相反方向驶去的时候，心里就像被掏空了一样。

第二十一章 汤姆被困

汤姆从没有过这样强烈的挫败感。他现在在海中央,没有救生圈,也没有可以抓住的浮木,他的力气还能坚持多久都说不准,汤姆觉得自己坚持不了多久了。

他在海中力气越来越弱,于是,他干脆翻过身来,在海上漫无目的地飘着。海浪一个接一个地打到他头上,他吞下了不少海水。渐渐地,他的头脑开始晕眩,肺也开始疼起来。

巴德现在在哪儿呢?魔鬼鱼把他撞沉了吗?

突然间,他的脚碰到一个坚硬物体。"鲨鱼!"汤姆第一时间反应道。

然而,就如奇迹一般,他发现自己躺在一个正浮出水面的潜艇甲板上。

"丹西特又回来折磨我了吗?"汤姆问着自己,他知道自己已经没有力气回击了。他一边咳出海水,吸着新鲜空气,一边虚弱地转头看向突然打开的舱口。

"巴德,巴德——!"他嘴唇翕动着,在巴德赶来帮他的时候又疲惫地倒了下去。

巴德把汤姆扶到他的铺位上,给他盖上毛毯,又拿来一杯热饮。几分钟后,汤姆沉沉地睡去。再次醒来后,他问道:"我睡了多长时间?"

"不长,老水手。"巴德笑了,"有半个小时,我费了好大工夫才找到你呢。"

汤姆也笑了:"你怎么找到我的?"

巴德告诉他自己是怎么甩掉丹西特的潜艇,又通过潜望镜看到汤姆漂在海上的。

"我发现救你最容易的方法就是让潜艇把你托起来。"巴德解释道。

"谢谢，伙计，不然我就成了鲨鱼的免费晚餐了。"汤姆说，"你干得太好了。"

巴德笑着说："嗯，说到有鱼的晚餐，伙计，我觉得要找到鱼我还是比较在行。"

"巴德，咱们不能待在这儿。"汤姆说，"即使我现在像个蓬头垢面的鼠海豚一样，但咱们还有任务要做，而且要快。"

"别着急，朋友。"

"不。"汤姆回答道，"咱们现在得马上出发。"

"去哪？"

"咱们立即下潜，联络珍妮·皮特号，我想审问那些被抓住的海盗。"

尽管巴德一直在抗议，汤姆还是坚持继续执行任务。他休息了几分钟后，巴德开始联系珍妮·皮特号，但没能联系上。他又让潜艇浮出海面，朝轮船离去的方向上那抹微弱的灯光驶去。

潜艇全速行驶，飞快地掠过海面，很快他们就来到珍妮·皮特号旁边，汤姆呼喊琼斯船长，说他想要登船。

"我想要审问那些海盗，船长。"他说，"他们或许知道我爸爸和福斯特先生的事情。"

由于海面波涛汹涌，他们无法让潜艇靠近轮船，然后跳到软梯上。琼斯船长用吊柱放下一个救生艇到潜艇甲板上，汤姆爬上去，被吊到了船上。

船长带他来到一个半空的货舱，他们用铁链把海盗们牢牢地锁在里面。当汤姆走向他们，介绍自己的时候，那些面相丑陋的海盗们怒视着他。

"关于我爸爸斯威夫特先生,你们都知道些什么?"他严厉地问道,"他在哪儿?"

他们没有回答。汤姆一个一个地审视这些海盗,希望通过观察他们的表情来找出一个比其他人更有人性一点的海盗。他观察着一个身材瘦小,但很结实的人。这人留着灰色的胡茬,一双眼睛透着狡黠。

汤姆上前揪起他的衣服,把他拽到跟前,命令似的问道:"关于我爸爸和福斯特先生,你都知道些什么?"

这海盗没有回答,汤姆使劲摇晃着他。这时,船长说话了。

"这些人都该被绑住双手扔到海里去!"

就在汤姆点点头表示同意时,那个瘦小的海盗声音颤抖着说:"不,不,不要那样做!我把我知道的都告诉你们。"

他刚要说什么,另一个海盗猛地起身窜到他跟前,咆哮道:"闭嘴!"

那海盗受到恐吓,马上闭了嘴。但他的同伴却继续粗声粗气地说:"你以为发明出畸变器你就很聪明吗,汤姆·斯威夫特?我们头儿早就发现了,他还有另一招,那比把人弄昏的机器可厉害多了。"

"他现在往哪走了——猎犬岛?"汤姆一针见血地问道。

那个海盗听后立即瞪大了眼睛。尽管他没有回答,但汤姆知道,他的问题击中要害了。

汤姆谢过船长,匆匆出了货舱,又乘救生艇回到潜艇。他把新情况告诉了巴德,说:"不管奇尔科特有多么厉害的武器,咱们都要全速开往猎犬岛!"

第二十二章　危险的水域

一路上，两人一边小心留意着魔鬼鱼的踪影，一边加速向猎犬岛驶去。

"如果魔鬼鱼也是去猎犬岛的话，它的速度一定很快，咱们现在应该能看见它才对。"巴德说。

汤姆为了确认时间，两次让潜艇浮上海面。但当一些商业船只进入视线的时候，他为了避免回答他们无线电操作员发出的问题，又沉入水下。

巴德一直密切关注着雷达和声呐仪。这时，声呐仪检测到一艘潜艇。

"这可能是魔鬼鱼。"巴德激动地喊道。

雷达没有捕捉到任何海面船只，两人肯定那就是丹西特的潜艇了。

海底飞镖慢慢逼近魔鬼鱼，汤姆也在这时和肖普顿那边取得了联系。他了解到斯特林和汉森已经乘"蓝天女王"去了诺斯伍德，帮警方一起寻找爸爸和福斯特先生，但到目前为止，他们仍没有收获。

"这下我就更相信他们是在猎犬岛了。"汤姆说。

他们慢慢靠近丹西特的潜艇，巴德说："真幸运，他们没发

第二十二章 危险的水域

现我们！你这个发明真是太棒了,汤姆。你要跟着魔鬼鱼直接去狗的颈圈河道吗?"

"不,在我认为安全之前是不会轻举妄动的。"

汤姆研究了一下航海图,然后调整沉浮箱,让潜望镜上升到海面以上。他抓住手柄,开始扫视海面。

"它要在那里转变方向了!"他激动地说着,"是猎犬岛!丹西特直接驶进了河道。"

"现在我们该怎么做?"巴德问道。

"咱们先按兵不动,看看接下来会发生什么。我肯定海盗们在这片水域设置了防御工事来防备像咱们这样的外来人。"

他站到一边,巴德则紧紧盯着潜望镜。

"岛上似乎什么都没有,汤姆。"巴德说道,"啊,现在看到了。在那些倾斜的树中间,看起来像个渔民的小屋。"

"海盗的藏身地一定在地下。"汤姆说。

"或者是水下。"巴德推测道。

"咱们可很快就能知道了。"汤姆说。

他关掉发动机。这时,潜望镜检测到不寻常的一幕。魔鬼鱼在他们前方400米处浮出了海面,然后小心翼翼地朝河道蜿蜒前行。

"哦,哦……"巴德说着,转向汤姆,"那地方布置了水雷!"

"我也这么想。"汤姆回应道,"嗯,咱们看看丹西特是怎么行驶的。"

汤姆打开能连接潜望镜的电视,然后和巴德一起坐在跟前,一场戏剧在他们眼前展开。魔鬼鱼先向左走,再向右走,然后又沿直道行驶，一路穿越两人认为有雷区的海域。

"太聪明了。"巴德评论说，"真想拿到他们的路线图。"

"咱们不需要路线图。"汤姆冲队友巴德笑着说道，"我会让海底飞镖下潜，在水下查看情况。如果不是太危险，咱们自己来对付那些水雷。"

"魔鬼鱼又沉到海下了！"巴德叫道。

离猎犬岛岸边还有30米远的时候，魔鬼鱼消失了。

"那个潜艇的停泊处一定在水下！"巴德说，"现在怎么办，天才？"

汤姆没有立即回答，他打开潜望镜的望远镜头，瞥了屏幕一眼，然后指向右侧一个狭窄的入口。

"快看！"他叫道，"有个木桶正随着洋流飘进河道！"

"我们要做什么——爬进木桶吗？"巴德忍住笑问道。

汤姆也笑了，说："那木桶让我有了个主意。"

"什么东西没让你有过主意啊？"巴德大笑着说。

"严肃点。"汤姆继续说道，"咱们得到岸边，然后像那木桶一样进入河道。咱们真正的阻碍是那些湍急的水流。"

"可那些水雷怎么办？"巴德问，"咱们会被炸成碎片的！"

"咱们得确保不会碰到它们。"汤姆平静地回答道，"得操纵潜艇越过它们。"

"为什么不直接把水雷炸掉然后进去呢？"巴德问道，"丹西特会以为咱们撞到了其中一个，不会管咱们的。"

"他还可能以为咱们故意炸毁了水雷。"汤姆反驳道，"咱们也会被炸得粉碎。"

第二十二章 危险的水域

"或许你是对的吧。"巴德不服气地说。

汤姆补充说:"另外,咱们无论如何都没办法炸毁所有水雷。"

"射线枪有什么问题吗?"巴德问道。

汤姆摇摇头,说:"咱们的枪对它们起不了作用。"这些水雷可能是触发雷,得用类似射弹的东西射击它们才行。"

"咱们没有射弹。"巴德这时候温顺地说道。

"可不是。"汤姆平静地回答说:"而且,我觉得咱们最好趁他们现在忙着安置魔鬼鱼的时候去往岸边。"

汤姆转动方向舵,把潜艇的速度调到最大。海底飞镖就像一只受了惊吓的梭鱼,朝布满岩壁的岸边疾驰而去。在距离河道口30米远时,汤姆减速,这条大弧形的路线到此停住了。

汤姆让潜艇与岛屿上自然形成且几乎是垂直的岩壁齐平,逐渐加大油门快速前进,直到潜艇被海水的深层流控制住。汤姆关掉发动机,透过潜望镜看到他们正沿着海岸线缓慢行进。

"现在咱们去海底!"汤姆说罢,调整阀门,把压舱物的重量加到最大。潜艇开始缓缓沉到湍急的水流里。

"去最前面看着,到转弯处之前随时告诉我外面的情况。"汤姆对巴德说,"看到岩壁尽头就快点告诉我。咱们要活命还得指望它呢!"

巴德赶忙冲到潜艇最前端,在透明的窗口处坐下来。

正当潜艇靠近一片死寂的入口处时,巴德突然大叫:"你确定要穿过这里吗,汤姆?咱们已经有足够的证据证明这里就是海盗的藏身处。你我不可能独自去抓他们,咱们先离开去请求支援怎么样?"

"咱们必须得继续前进。"汤姆说着,加快了潜艇的速度,"从奈德叔叔发的第一条信息来看,今天可能是他待在这儿的最后一天。如果我爸爸和福斯特先生也在这里,他们的处境应该会非常危险。我不能让他们失望,巴德。"

"你不用太在意我的话。"巴德说,"我只是随便说说!"

突然间,他看见海底下有成堆成堆的残骸碎片。

"汤姆!他们是最近才把河道炸开疏通的!"巴德正要告诉汤姆他是怎么知道的,潜艇就来到了入口处,"向右满舵!咱们到转弯处了!"

潜艇头部因湍急的水流而剧烈晃动着,潜艇用力旋转了九十度,径直拐进河道,汤姆也在刹那间加快了速度,更加用力地朝河道岩壁处驶去。此处岩壁的高度急剧变低。

"我看到一个水雷!"巴德大叫。

汤姆闻言,瞬间浑身泛起寒意。

"在哪儿?"他问。

"离咱们潜艇头部大约16米!"巴德喊道。

汤姆赶紧转动方向舵,就在湍流把潜艇越来越深地吸进海盗藏身的洞穴时,潜艇右侧稍稍刮擦了一下岩石。

"咱们躲过它了——就差几厘米!"巴德感到万幸地低声说道。

他做了个深呼吸,继续坐在前面观察外面的情况。前方死气沉沉的,只见4.5米开外处,一个黑色的球形物体——一个不祥的预兆出现了,是另一个水雷。

"向左转——用力!"巴德惊恐地大叫。

第二十二章　危险的水域

汤姆立即加速,又转动方向舵。巴德看到那致命水雷的黑色触角与潜艇头部就这样轻松擦过。

返回右岸之前,汤姆让潜艇自行漂移了一段距离。当感到潜艇又一次剐蹭岩石的时候,他的心又提了起来。

"前方现在什么都没有了。"巴德说道,"咱们一定是到他们藏身地了!"

"别那么肯定。"汤姆提醒他说。

话刚刚说完,巴德就大喊道:"汤姆,有张防潜网!就在咱们前方。"

汤姆让潜艇暂停行驶,亲自到前面去看了看。只见一个粗钢丝构成的重型电缆挡住了他们进河道的路。

"可能是魔鬼鱼进去后他们才把网移过来的。"巴德说。

"一定是。"汤姆说,"可这挡不住咱们。帮我准备好水下切割器,我去准备'小胖子'。"

"那是我的任务。"巴德坚持道。他爬进一个逃生舱,用缩放臂抓起切割器。汤姆向他行了礼,然后带他进入压力舱。

几分钟后,巴德踏上了有些坡度的海底,他小心翼翼地挪向电缆网。又过了几分钟,切割器的顶端冒出火花,巴德轻松剪断了粗钢丝,仿佛那是张蜘蛛网。

他回到海底飞镖,卸下"小胖子",又坐回窗口旁。

"好了,汤姆,我想咱们可以过去了。"

汤姆慢慢向前移动,很巧妙地避过了防潜网。之后,他再次让潜艇暂停行驶,因为传感器检测到魔鬼鱼就在他们前方不远处。

"我就知道。"汤姆说,"他们的藏身地一定在水下或地

下。我要再靠近一点,用潜望镜赶紧扫视一眼这个地方!"

当潜望镜的镜头逐渐清晰,汤姆看见魔鬼鱼就在他们正前方。在河道的急转弯处,他们的潜艇稳稳当当地停在一个巨大的洞穴中。有两个人跳上岸,朝海底飞镖的方向跑了过来。

汤姆赶紧降低潜望镜的高度,然后告诉巴德他看见了什么。

"我觉得他们并没有发现咱们。"汤姆边说边准备走人,"可咱们也不能冒险。"

"我们为什么不能从河道另一头穿过呢?"巴德建议道。

"太危险了。"汤姆回答说,"他们可能在另一端也设置了水雷。"

他建议先沿原路折回去,研究一下这个岛屿的海岸。

"好吧。"巴德说,"咱们找个可以登陆的地方。"

"然后就可以从陆地上勘查那帮家伙的整体布局了。"汤姆补充说。

他把潜艇转了个弯,刚要启程前进,突然间潜望镜倒了下来。与此同时,海底飞镖在一阵刺耳的噪声中停住了。

"汤姆!"巴德大喊,"我们中计了!"

第二十三章　海盗的藏身地

巴德的话令人很恐惧，但汤姆还一直在给沉浮箱充气，想要让潜艇浮上海面。然而他很快意识到，不管潜艇上面遭受了什么袭击，这力量都在让它更快地沉向海底。

"你是在把油门加到最大吗，汤姆？"巴德不安地问道。

汤姆点点头，指了指计量器。引擎在逐渐超温，原子反应堆释放出的能量已相当强大，但是，这样做的后果却只是让潜艇发出一阵令人作呕的晃动，浑浊的海水在被困住的潜艇周围搅动。

"这是怎么啦？"巴德大声呼喊着。

"我知道了。"汤姆回答道，"丹西特朝咱们头顶扔了一张大网。"

"咱们必须得离开这儿！"巴德惊呼道。他的眼睛盯着温度计，只见当前温度已高出了危险点。

汤姆赶忙关掉发动机，不然他和巴德可能会因高热而窒息，而且潜艇也可能会自爆。

"咱们都不能用无线电发信号了。"巴德抱怨道。

他说这话的时候，海底飞镖外壳上突然传来一阵隐约的敲击声。汤姆很仔细地听着。

"是国际电码。"他说，之后两人的嘴唇都开始蠕动，默默

地翻译电码。

电码是丹西特发来的。他们把电码逐字解译出来后,弄清了大意:"你们现在无能为力了,汤姆·斯威夫特。我们这张钢网专门用来抓捕闯过水雷区的人。你们会一直被困在海底,除非你们投降。我们收起网的时候,你们要浮出水面,然后举起双手走出舱口。若你们走错一步,我们就引爆炸弹,把你们连人带潜艇一起炸出水面。"

巴德一副垂头丧气的样子,说:"你怎么想,汤姆?"

"咱们没有选择。外面有钢网,咱们都不能乘'小胖子'逃跑。有切断那张网的工夫,丹西特早就抓住咱们了。"

"所以你打算投降?"

汤姆点点头,说:"或许等咱们出了海面还可以以智取胜。"

"我支持你的想法!"

汤姆拿起一个扳手,在潜艇的墙壁上敲击电码,回复丹西特。

"我们投降。"

当钢网从潜艇顶上撤走时,汤姆说他肯定丹西特他们一定会搜查潜艇。

"我可不想让海盗拿走我那两个专用袖珍铅笔——焊铁的那个和带收发无线电设备的那个。"他说,"要是你把带无线电设备的铅笔藏到鞋里,我把另一个藏到我鞋里,就算走路跛一点,他们也不会发现的。"

两人迅速把铅笔藏好。之后,汤姆让潜艇浮出水面,打开舱门，举起双手走了出去，巴德跟在他身后。潜艇旁边停着一艘汽艇，丹西特和另外三个人在上面，汤姆认出他们是韦斯曼、奇尔科特和詹尼格，韦斯曼是汽艇的驾驶员。

"你现在是我们的阶下囚了！"丹西特幸灾乐祸地说道，"你还想抓我们的人，简直做梦。可笑的是，有人居然一直讹传汤姆·斯威夫特是个天才！"

他命令汤姆和巴德上了汽艇，高大魁梧的詹尼格指着奇尔科特油腔滑调地说："这才是真正的天才呢！"

"谁是天才都没关系。"汤姆说，"我爸爸和福斯特先生在哪儿？"

"你想知道，是吧？"丹西特冷笑着说，"嗯，等你被关起来以后，我们或许会告诉你。"

汤姆和巴德在汽艇上坐下来，奇尔科特给他俩都铐上了手铐，詹尼格开动汽艇朝岸边驶去。

就在他们离陆地有几米的时候，奇尔科特从口袋里掏出一个模样奇怪的钥匙。巴德一看，惊得下巴差点没掉下来，他下意识地叫出声："电子钥匙！"

奇尔科特笑了，说："我一直把这个专用的电子钥匙视为汤姆·斯威夫特一项不错的发明。"他说："所以我借用了这个点子。你再怎么仔细筛选，我的间谍还是混进了你们公司，而且待了很长时间，把你的设计图复制了一份给我。"

另外两人放声大笑。丹西特说："咱们从汤姆·斯威夫特那里借用了很多东西，不是吗，奇尔科特？他还会把双人潜艇借给咱们呢！"

在那些人的哄笑声中，汤姆的脸气得通红。

第二十三章 海盗的藏身地

巴德咬着牙对他低声说:"我很乐意狠揍他们一顿!"

"冷静点。"汤姆小声说道。这时,奇尔科特把电子钥匙对准一块圆形巨石,这块巨石竖立在布满斜坡的海滩边缘。

实际上,巨石是一道被掩饰起来的门,只见它徐徐移开,露出一条通向一个大洞穴的水路。汽艇开进石门里,石门很快在他们身后关上。这时,一个光线充足的巨大洞穴在前方隐隐出现。

洞穴一侧有个很大的船坞,詹尼格向那里驶去。等船停稳,汤姆和巴德被推着上了岸,海盗们带他们穿过一个结实的钢门,来到一个设备相当先进的现代化实验室。

当两人看到实验室里那些先进完备的仪器,都惊得倒吸了一口气。谁会想到海上的一个小岛之下会有如此强大的科学设施呢。

奇尔科特指了指墙边的一个长椅,命令道:"坐下。"然后他转身和丹西特耳语了几句,丹西特匆匆出去了。

几分钟后,他折回来,朝奇尔科特点点头。"可以了。"他说,"我已经察看过他们的潜艇了。"

"和咱们新的双人潜艇比怎么样?"奇尔科特赶忙问道。

"咱们的设备还不是很完善。"

汤姆的心跳骤然加快——原来海盗劫船盗铀是为了建造他们自己的喷气式潜艇!

"或许,汤姆·斯威夫特这个自认无所不知的人会帮你把潜艇装备完善的,奇尔科特。"丹西特冷笑道。

汤姆脸色很难看,却始终保持着沉默。他最不愿意做的事情就是为这帮残忍海盗的邪恶计划提供援助,无论以任何方式都不愿意。

"好主意。"奇尔科特说,"但这得推迟一段时间了,得等咱们进行完下一次袭击才行。"

"好的。"丹西特答应道。

汤姆很不理解他们居然用这样惨无人道的方式来藐视海洋法。"你们不会得意太久的。"他警告他们,"A国海军正在追捕你们。"

丹西特扮了个鬼脸,说:"海军也别想抓住我们!我会把你也拉进我们下一次任务中的。猎鹰号轮船正在离这儿不远的地方往北行驶,船上的保险柜里有一大批钻石。"

他说这话的时候,詹尼格在一旁皱了皱眉,汤姆注意到他有些担心。

"你不觉得咱们应该先避一避吗?"詹尼格说,"让韦斯曼一个人去劫保险柜,或许太冒险了点儿。"

丹西特示意他无须多说:"咱们怎么可能失败呢?之前已经利用过汤姆·斯威夫特的飞机,这一次,他的潜艇也会派上用场!"

看来,奇尔科特就是当时驾驶汤姆飞机的那个人!而且他在上面安装了那个把人弄昏的机器!现在他们又要他的潜艇来做那些见不得人的勾当。

丹西特命令汤姆和巴德起身,和另外两人很粗暴地推着他们向前走。不一会儿,一行人来到一个带有栏杆的重型铝合金大门跟前。打开门,两个小伙子被推了进去,手上的手铐给解开了。然后,大门被关上,詹尼格锁上门,把钥匙放进了口袋。

"你会发现这牢房里还有空调。"丹西特说道,"相当舒适。但我得警告你们,别碰这个门,这门上有很高的电流,碰了你们就会被烤煳!"

说完他就和另外两人扬长而去。汤姆和巴德无意中听到他和奇尔科特嘱咐詹尼格,让他在其他人出去劫船的时候小心看好他们俩。

汤姆在牢房里来回走着,他发现这里只不过是岩石上凿出来的一个大洞,还发现大门和框架还有土质地面是隔开的。他想弄清楚丹西特临走时的威胁是不是真的,想要亲自证实一下。

他解下腰带,握住皮革,转动金属皮带扣,使它一端接触大门,另一端接触框架。只见大门和框架之间产生一个电弧,电弧上迸发出明晃晃的蓝色火光,金属扣被弹回来,竟然融化得变形了。

"丹西特没有骗我。"汤姆脸色阴郁地说道。

他意识到,如果他们俩要逃走,必须得有个绝妙的计策才行。于是,他开始快速思考起来。

第二十四章 奇妙的发明

就在汤姆想计策的时候，詹尼格回来了，他又一次警告两人不要碰那个通了电的大门。

"我不想你们在我的看管下出什么意外。"他有些担心地说道，"等奇尔科特回来，他想怎么处置你们都行。"

汤姆察觉到詹尼格的言行中有一丝紧张，或许这个狡猾的律师并不愿意独自一人在这儿当警卫。如果这个人对自己与海盗为伍有哪怕一丝害怕，汤姆都决定要增加他的恐惧，离间他和丹西特还有奇尔科特之间的盟友关系。

"詹尼格先生。"他叫道，"你在解决法律问题上或许很精明，但跟海盗打交道，你明显处于弱势。"

"你什么意思，斯威夫特？"詹尼格狐疑地看着汤姆反问道，"搞离间计吗？胡扯！我知道自己适合什么环境。"

"你自认很明白。"汤姆冷静地说道，"但别忘了你同伴手里有我的飞机和潜艇。"

"那又怎么样？"詹尼格皱眉问道。

汤姆赶紧深入分析起来："丹西特和奇尔科特意识到A国当局已弄明白他们袭击船只的方法，正在进行全力追捕，所以——"

第二十四章 奇妙的发明

"你不用和我说这个。"詹尼格打断他,脸上露出奸诈的笑容,"我们早把那些追捕我们的人骗得团团转了!"

汤姆直盯着律师的眼睛,说:"或许你那两个挚友对此不敢肯定,他们可以带着抢到手的钻石——包括你的那份——轻松地乘我的飞机和潜艇逃跑,把你一个人扔在这。"

詹尼格怒视着他,汤姆却继续说:"然后,等他们安全到达新的藏身地,你就要独自扛下所有罪行,接受惩罚了。"

"你简直是疯了!"詹尼格尖声喊道,"丹西特和奇尔科特需要我,如果不是我,他俩早就身陷囹圄了——"

"你是说——"汤姆接过话,想要引导他继续说下去,"一直以来都是你帮他们摆脱困境的?"

"当然。"这个律师声调突然拔高,"要不是我在一旁周旋,他们早就被抓了。我知道很多这两人的——"

说到这儿,他突然停住了,他意识到自己说了太多。很快,他又语气平和地说:"我的安危不用你担心,斯威夫特。你最好先关心你自己吧。"

汤姆耸耸肩。"哦,我一点都不担心。"他温和地说道,"我只是好奇你为什么始终心甘情愿地被丹西特和奇尔科特欺骗。"

这个时候,汤姆和巴德已敢肯定他们的离间计起作用了。詹尼格黝黑的脸顿时变得通红,可他始终没有说什么。他如此沉默难道是突然间不知道该怎样回答了吗?

汤姆立即给他出了个主意:"听着,詹尼格,现在就是你赢丹西特的机会。把我们俩放了，我们就帮你窃听他们在魔鬼鱼里的谈话。"

有那么片刻的时间，詹尼格似乎在考虑汤姆这个出乎意料的提议。但下一瞬间，他又发出一阵沙哑的笑声。

"你真会开玩笑！"他说，"想轻轻松松就糊弄我，行！谢谢你的好意，但我不需要，斯威夫特，我不会上你的当！"

他不屑地嗤笑一声，头也不回地走了。

"干得不错，汤姆。"巴德说道，"或许，你已经动摇了他对丹西特以及海盗团伙的信任。"

"真是这样的话，咱们就想办法彻底瓦解他的信任。"汤姆说，"但咱们也得赶快想出另一个离开这里的方案！"

"如果你能联系到奈德叔叔就好了，或许他能帮上忙。"巴德提出建议。

"天哪，我真是糊涂了！"汤姆叫道，"咱们可以用铅笔里的信号发射器啊。"

巴德从鞋子里拿出那个小东西，汤姆开启了它。一开始，他们并没听到回音，但过了一会儿，果然有声音传来："是谁？"

汤姆非常谨慎，他并没有报出自己的身份，因为害怕目前奈德叔叔的信号发射器在海盗手里。他说："让我确认一下你的声音。"

"汤姆！"对方声音不清晰，但却惊喜地叫道，"你在哪儿？"

"爸爸！"听到爸爸的声音汤姆非常高兴，"我和巴德被囚禁在猎犬岛上。你也在这儿吗？"

第二十四章 奇妙的发明

"对,我和奈德还有福斯特被关在一间牢房里。除了这个信号发射器,我们其余的东西都被海盗拿走了,所以我们现在没法逃跑。"

他告诉汤姆他们目前身体状况都很好,但对被营救基本上已不抱希望了。奈德拿过信号器,告诉汤姆他们被关在走廊深处的一间牢房里。

"为什么不让我们联系你?"汤姆问道。

奈德回答道:"我担心海盗察觉后又会伤害我们。那帮家伙在八天里策划了好几起抢劫,之后他们就要商量怎么处置我,这可能是我活着的最后一天了。"

"不会的。"汤姆说,"你们牢房的门也像我们的一样是通电的吗?"

"不是,汤姆。你想办法让你们门上的电流短路,那样你就可以逃出来了。"

"或许,詹尼格会回到这里,我可以拿到钥匙。"他回答说。

汤姆的心激动地砰砰跳着。"奈德叔叔。"他说,这时他突然想到一个主意,"我相信我能成功!"

"如果可以的话,你或许能让发电机短路,让所有的灯都灭掉。"奈德叔叔说道。

"你要怎么让它短路,汤姆?"巴德趁汤姆关掉信号发射器时问道,"我们没有皮带扣啊。"

汤姆知道这扇门上电流很强,他需要一个比皮带扣更重的东西来让电流短路,于是他从鞋子里拿出那个带焊铁的铅笔。

他说:"我想,我可以利用这支铅笔尾端产生的热量,米融化门上的金属，让它下降碰到地面。"

"让门与地面之间产生电流短路。"巴德说道。

"对。"

汤姆意识到，他可能会在融化金属的时候不小心碰到门，所以他需要找个能让他和地面隔开的东西。这间牢房的墙边刚好放着一个很重的木质长椅，正好可以拿来用。

他把长椅拖到门边，跪上去，放低身子，开始敲击铅笔。等到焊铁发烫，他就拿去触碰门上一根栏杆的底部。栏杆上的金属开始慢慢融化，流向隔热层，就在融化的金属快要流到地面时，汤姆脑中灵光一闪，赶忙转头提醒巴德也来照做。

金属触碰到地面的时候，刹那间火花四射，一阵晃眼的闪光过后，四周变得一片黑暗。汤姆成功让电流短路了！这扇门再也不会威胁到他们！

"你一定是让主发电机熄火了！"巴德高兴地对汤姆耳语道，但不久他又说，"听！"

两人听见走廊里传来厚重的脚步声。

"可能是詹尼格。"巴德说，"他一定以为咱们碰到了门，被电死了！"

"那咱们就装作被电死了，然后伺机抓住他拿到钥匙。"汤姆说道。

快走到牢房的时候，詹尼格的脚步声慢了下来，之后又退后了几步。

"哎呀！"巴德说，"他要走了，可能要更换断路器！"

"只要我刚才焊接的地方不断开，他就没法再给门通上电。"汤姆说，"我觉得他是去拿手电筒了。"

第二十四章 奇妙的发明

这个年轻发明家的猜测是对的。没过一会儿,詹尼格回来了,身前有一束灯光探照着。汤姆和巴德各自在牢门两侧的地面上平躺下来,詹尼格拿着手电筒照进牢房里,瞥到了两个小伙子。

他惊讶地嘟囔一声,只见汤姆和巴德突然从地上蹿起来,手迅速穿过栏杆揪住了他衬衫的前襟。詹尼格吓了一跳,又惊讶又恐惧地尖叫起来,试图摆脱他们的禁锢。

但巴德像虎钳一样牢牢地抓着他,汤姆则抢过他的手电筒,然后从他口袋里找出了牢房钥匙。之后,汤姆迅速拿起铅笔,切断了刚凝结成的金属条。

他一个一个地试着钥匙,最后终于打开了牢门。巴德把詹尼格推进牢房,汤姆锁上了门。

"你们不能这么做!放我出去!"詹尼格喊叫道。

但两个小伙子根本不搭理他。汤姆说:"在这等着,巴德,我去找发电机。等我确定一切都安全之后,就会换掉断路器。"

说完他匆匆地走了。五分钟后,这个地下空间又一片光明了。

之后,汤姆和巴德把这个地方仔细搜查了一番,确定这里再没有其他的海盗了。于是他们把其他被囚、囚禁的人放了出来。

"汤姆!巴德!"那些被释放的人欢呼着。

他们拍了拍两个小伙子的肩膀,然后紧紧握住他们的手。

这些人虽有一堆问题想要问两人,但他们明白,目前抓住海盗才是他们的当务之急。于是,在汤姆的带领下,一行人来到了奇尔科特的实验室。汤姆打开一个无线电接收器,希望能从丹西特和奇尔科特那里听到有关他们袭船的事情。不一会儿,奇尔科

第二十四章 奇妙的发明

特的声音传来:"我这就启动脉动器(把人弄昏),丹西特。看着吧!"

一分钟后,他又说道:"我得再发射一次,悉尼。上一次没成功。"

不久之后,只听丹西特说道:"又没成功。我正用潜望镜观察,甲板上的人还好端端站在那儿呢。再试一次。"

而在实验室里,汤姆他们都非常不解地互相看了看,到底发生了什么?难道他们的机器坏掉了吗?

突然,汤姆叫道:"我知道怎么回事了!巴德,咱们没有把海底飞镖上的畸变器关掉!但是丹西特不知道!"

"你是说奇尔科特没法把船上的人弄晕对吗?"奈德叔叔激动地问道。

"正是。"

这时,只听扬声器里传来一阵咒骂声,汤姆赶紧关掉了它。

"他们很可能马上就回来了。"他说,"咱们必须动作快点。"

"我们会做好准备的。"巴德说。

"好,奇尔科特会第一个到这儿。快点,咱们到地面上去。"汤姆说道。

因为奈德叔叔对这个海盗巢穴比其他人更熟悉些,于是,他带领大家穿过一条小道,走到地面,看到了外面的阳光。每个人都深深地呼吸着新鲜的空气,之后,汤姆把他想如何抓捕海盗的计划告诉了他们。

"巴德和我会渡过河道去密林里的停机坪那里拦截奇尔科特。"

"对。"巴德笑道,"等我和汤姆穿越河道把那群海盗带过来时要给他们戴一个大大的黑眼罩!"

巴德发现河道对岸有个小船,提出要去把它划过来。

"叫我拉布拉多寻回犬吧。"他说完就向岸边跑过去。

他脱掉鞋子,向对岸游过去。五分钟后,他乘小船回来了。汤姆建议大家先藏到附近那个渔家小屋里去,藏好后,他和巴德乘小船到了河道对岸,也藏身在一片茂密的树丛中。

"我想知道咱们要等多久。"巴德不耐烦地问道。

"不用再等了。"汤姆回答说,"我想我听见我那架飞机的声音了。"

随着一阵怪异的呼啸声,汤姆那架被盗的飞机飞过岛屿上空。

"他会飞到这里降落的。"巴德说。

"我希望他不会怀疑咱们已经逃出来了。"

突然间,巴德脸上出现一种奇怪的表情,他说:"汤姆,我感觉——"

"我也是。"汤姆说道,"我觉得——眼前天旋地转的。"

一阵麻痹的感觉瞬间袭遍全身,汤姆的声音渐渐变小,意识逐渐模糊,头也开始晕眩。这是怎么了?

模模糊糊中,他看到巴德正向地面倒去。汤姆知道他们为什么会这样了:奇尔科特用脉动器袭击了他们!

下一秒,他俩眼前一黑,昏了过去!

第二十五章　胜　利

汤姆不知道自己昏迷了多长时间。他醒来的时候，看到巴德也恢复了意识。汤姆觉得自己的脑袋就像被大锤重击过一样，但这种强烈的疼痛感在渐渐减弱，他坐了起来。巴德也挣扎着想站起来。

"咱们被什么——什么东西袭击了？"巴德问道，脑子仍然晕晕的。

汤姆说，他觉得是安装在他被盗飞机上的脉动器，巴德很是担忧。

"其他人可能也被弄昏了。"他说，"咱们最好查清楚。"

就在两人站起身来的时候，一阵叫喊声突然传来。是斯威夫特先生、奈德叔叔和福斯特先生在对岸向他们发信号。

"还好你们都没事。"汤姆叫道，"你们刚才昏过去了吗？"

"昏过去？"奈德叔叔问，"没有，我们出来看看奇尔科特如何了。"

"他还在那里吗？"汤姆很吃惊地问道。

"你难道不知道他坠机了吗？"福斯特先生呼喊道，他挺惊讶。

汤姆和他解释说他俩刚才被弄昏了,并说他们会去找奇尔科特。福斯特先生告诉他们飞机坠落的方向,两人就赶忙沿着尽是湿地的岸边去往飞机坠落的地点,飞机一半机身在水里,一半在陆地上。

在向砂质跑道降落的时候,飞机显然是偏离了海岸。现在,它整个机体倒置,机身已经翻了。

"到底什么地方出了问题呢?"巴德问道。

汤姆想,或许是脉动器在安全制动装置里有所松动,朝驾驶员放出射线,把他弄昏了。

走到损毁的飞机跟前,汤姆强行打开了机门。只见奇尔科特脸朝下趴在地上,已经没有意识了。两人一起把他抬到了沙地上。

"脉动器在飞机撞毁的时候坏了。"巴德说,"但这是好事。"

汤姆迅速查看了下奇尔科特,发现他除了额头上有个包,其他地方都没有受伤。几分钟后,奇尔科特醒了过来,向四周看着。意识到自己已被汤姆他们抓住,这位科学家的脸色变得相当难看,开始诅咒起他的坏运气。

两人押着他乘小船回到对岸,把他关在一个空着的牢房里,福斯特先生说他会看好奇尔科特。

"现在轮到丹西特了。"巴德脸色凝重地说道。

他和汤姆,还有斯威夫特先生和奈德叔叔一起来到海滩,用他们在奇尔科特的实验室里找到的望远镜搜索着海面。

"海底飞镖应该很快就到这儿了。"汤姆说。

几分钟过去了,这时,汤姆突然喊道:"我看见一个东西!"

第二十五章 胜利

几人把手挡在眼上遮住阳光,急切地向海中望去。

"我也看见了!"巴德喊道,"是咱们的潜艇!"

四个人赶忙藏到一个沙丘后面,这样他们就不会被潜艇的潜望镜看见了。潜艇径直向河道驶来的时候,汤姆笑了。不一会儿,潜艇开始下沉。

"要抓潜艇里的两个人,去哪个地方最好呢?"巴德问道。

就在其他人就抓捕海盗的地点争论不休时,巴德拿起望远镜望向海面。

"看那里!"他大叫道,"有两个物体漂在水面上。看起来像咱们的'小胖子'。"

汤姆拿过望远镜向那里看去。看到海面的物体,他的心马上沉了下去。两个'小胖子'在海面上不断沉浮着。

"这就是说他们让海底飞镖沉到了海底!"他生气地说道。

巴德的脸也气得发青:"等我抓到那两个混蛋——"

"行了,巴德。"汤姆催促道,"咱们赶快去把'小胖子'拿回来。"

两人跑到小船边,跳上船,向着"小胖子"沉浮的地方划去。到了那儿,汤姆轻敲两个"小胖子"的金属外壳,听到里面也有声音传出来。

"把它们绑在船上拖着,巴德。我来划桨。"汤姆指挥道。

巴德探出身去抓住两个"小胖子",把它们绑在了船尾。然后,他坐回汤姆身边,两人朝岸边划去。到岸后,他们把"小胖子"拖到海岸上。丹西特和韦斯曼一从里面爬出来,马上就被汤姆他们控制了起来。海盗团伙的最后两个成员终于被抓住了!

丹西特还想试图逃脱,巴德一个飞脚,这个脸色蜡黄的青年就摔了个跟头。只见他四肢着地,脸撞上了海滩上的卵石。

"好吧。"丹西特爬起来,拍了拍头发上的沙子说,"你可以抓我们,可你那个先进的潜艇,汤姆·斯威夫特,已经沉到海底了,你永远也别想把它捞上来。"

"别这么肯定嘛!"汤姆着转向爸爸,"爸爸,咱们可以用你几年前发明的巨大电磁石把海底飞镖拉上来。你觉得可以吗?"

"对,相信这可以的,汤姆。给汉森发无线电消息,让他用'蓝天女王'把磁石带过来,咱们马上就行动。"

其他人带着那两个海盗去地下牢房的时候,汤姆赶忙奔去奇尔科特的实验室寻找无线电发射器。很快,他联系上了在肖普顿的汉森,而且首先把海盗被抓的消息告诉了他。

"汤姆,你们太了不起了!"工程师汉森不可置信地大叫着,"我要立刻把这个消息告诉霍普金斯上将。"

之后,汤姆把潜艇沉到海底的事情告诉了他,嘱咐他赶紧把电磁石空运到猎犬岛来。

"我马上就准备。"汉森向他保证道,"我们会在下午到达那儿。"

就在等待期间,汤姆他们审问了那三个阶下囚。起初,奇尔科特和丹西特什么也不肯说,可韦斯曼却希望得到从轻量刑,便开始向他们坦白。他首先把潜艇是如何沉到海底的事情告诉了他们。

"丹西特想要控制它,却不知道怎样操作。"韦斯曼说道,"他拉错了控制杆,我们就头朝下撞到海底,陷在了泥里面。之后,这个聪明小伙子说他们最好用逃生舱逃走。于是,他就让潜

第二十五章 胜利

艇压力舱的内外舱口都敞开,让舱内灌满了海水。"

"闭嘴!"丹西特大叫道,愤怒地瞪着他的同伴。

"我凭什么闭嘴?"韦斯曼厉声说,"你和奇尔科特说会让我们都富起来,可是我们就要去坐牢了。"

他还交代说:"奇尔科特组织了海盗团队,韦斯曼是作为一名专业飞行员加入进来的,丹西特则扮演间谍的角色。詹尼格是奇尔科特多年的好友,被奇尔科特引荐来为团队处理法律纠纷,他无数次帮我们逃脱法律追究,真是在自毁前程。"

奇尔科特指出,那枚狗头硬币是团队成员在互不认识的情况下用来证明身份的标志。因为汤姆手里拿着硬币对他们来说很是危险,所以丹西特潜入汤姆家拿回了他落在机场的那枚硬币。

"要是丹西特的爸爸知道自己的儿子是个贼,他会很伤心的。"韦斯曼说道,"抢劫迈克英托石与丹西特公司船只的事就是他策划的。"

"那是为了扰乱我们的视线吗?"汤姆问道。

"没错,他还想了个办法,假称斯威夫特先生被带去了诺斯伍德,借此引你离开海洋。"

审问结束后,汤姆和巴德去查看了海盗藏身的厨房,发现那里除了几罐汤罐头几乎没有别的食物。他们草草地吃了点东西,刚吃完,一群政府当局派出的人马就乘飞机到了他们所在的海岛。他们没收了两艘海盗的潜艇,搜查了他们的藏身地。他们还祝贺汤姆和他的团队成功击败了海盗,之后,就带着那些被抓的海盗走了。

他们刚走不久,"蓝天女王"也到了,在他们头顶盘旋着。汤姆用无线电通讯告诉汉森他想立即开始行动。

"好的。告诉我在哪里放下磁石。"这位工程师说道。

汤姆和巴德钻进"小胖子",开启发动器,穿越海面来到海底飞镖下沉的地方。他们潜下水去,确定潜艇所在的地点后,汤姆就发信号给汉森,让他放下磁石。

巨大的磁石吊在缆绳上不断下降,落入海中,位置正好在潜艇的中部。汤姆和巴德两人移动缩放臂,把磁石和潜艇固定好之后,浮出了水面。

"好了。"汤姆通过无线通信设备说道,他想知道这样做会不会成功。

汉森按下一个开关,把电流源源不断地输给磁石。"蓝天女王"的升降器用上了最大的力量,缆绳慢慢地吊着潜艇浮出了海面。就在潜艇吊在半空的时候,灌进船体中的海水也被倾倒了出来,巴德冲信号发射器大声叫着:"我们成功啦!"

潜艇被运到岸上之后,他们便着手给它彻底排水,并把舱内弄干。在抽水泵和空气压缩机的帮助下,这些工作很快就完成了。汤姆检查了一下潜艇的机械设备,让他高兴的是,这些设备并没有因为在海水里泡了一会儿就坏掉。

"这下丹西特恐怕要失望喽!"巴德成功试运行潜艇之后对汤姆说。

这时候,"蓝天女王"也落了地。汤姆和巴德将潜艇在临时泊位上停妥,然后朝着巨大的飞行实验室走去。这时,一个熟悉的身影出现在离地面很高的机舱门口,他穿着临时工装,看起来就像个旧时代的海盗。

"乔!"汤姆大喊道。其他人也哈哈大笑起来。

第二十五章 胜利

"我想我应该来为你庆祝一下。"他说,"我给你准备了一顿真正的海盗盛宴。"

"是什么?"巴德问道,"炖骷髅吗?"

事实证明,所谓的海盗盛宴其实是鲜鱼大餐。一群人边吃边决定要立即启程离开猎犬岛。福斯特先生已给他的游艇发出无线电消息,这样他就可以乘游艇回去了。

汤姆那架被盗的飞机将很快在实验室里被修好,巴德会驾驶它飞回去。斯威夫特先生和汤姆要把潜艇开到A国海军部队,霍普金斯上将想要把它展示给海军官兵们。

"或许你会接到一个大订单的,汤姆。"巴德说,"那样的话,你就得推迟太空旅行了。"

但汤姆并不打算推迟这场精彩的旅行。在这即将到来的旅行中,这位年轻的发明家将会在远离地球的太空中体验任何科学家都没经历过的探险,还将经历死里逃生——这都是他目前根本无法想象的。所有的精彩都将集中于下一集故事——《汤姆·斯威夫特和火箭飞船》。

"什么也阻止不了我去太空旅行。"汤姆对巴德说,"想要加入吗?"

"你能保证下一场旅行也像这次一样有海盗和刺激的探险吗?"巴德笑着问,"如果没有,我想我宁愿和海底飞镖待在海里!"